詩從何處來

新詩習作教學指引

仇小屏◎著

目錄

目錄

自序

「雖然不是每個人都可以成為詩人，但是每個人都能夠享受寫詩的樂趣。」

抱持著這樣的想法，在新詩教學的領域中不斷地努力著，很開心地看到越來越多學生讀詩、寫詩、愛上詩。

來到花蓮師院任教的第一年，就在通識課程裡開設一門「閱讀與寫作」，學分數兩學分，上下學期各由A組、B組的大一學生自由選修，這門課程的教學內容就是鎖定在新詩上。因為所面對的學生來自各系，唯一的共通點就是對新詩的閱讀與寫作毫無基礎，因此如何將他們「引進門」就成了最大的考驗，所以從選定教材到上課方式的設計等等，都費了不少的心思，可是這是非常值得的；因為看著他們從一臉茫然，提筆如千斤重，漸漸進步到微笑讀詩、微笑寫詩，還有什麼會比這個更令人欣慰呢？我們幾乎每星期都寫詩，我常常是迫不及待的等著看到他們最新的詩作，每次有亮眼的作品出現在眼前，不管這情形重複了多少次，相同的喜悅還是會湧上我的心頭，讓我感到非常的快樂。

一學年上、下兩學期，總共教授了兩個班，我們自己寫詩、自己打字、自己排版，自己編印了全班同學生平第一本詩集：上學期班的詩集名稱是《流星花園》，下學期班則是《花蓮詩院》，薄薄的一本，卻有著無與倫比的重量。本書中大多數的篇章，記錄的也都是這一年來點點滴滴的教學心得。

此外，同時在自然科學教育系和數學教育系開設有「兒童文學」課程，在教學中曾經指導他們寫過兒歌中的「顛倒歌」，以及兒童詩，這兩者也都可以輔助新詩習作教學，因此也寫成文章，收錄在本書中。暑假中在系上的教學碩士班授課，為了推廣小學階段的新詩教學（非兒童詩教學），所以也會穿插著介紹一些基本知識，有時也作一點練習，這些成果散見在兩三篇章中。不過，最特別的是暑假時到花蓮縣花崗國中，為九年一貫培訓教師的課程擔任講座，除了有一分小小的新詩填空的練習外，還為此特別設計了一份融合「章法」與「新詩」的習作，請老師當場寫作，結果老師的創作成績出乎意料的好，所以也寫成文章，希望能作為大家的參考。

本書的編排方式是這樣的：先從「聯想力的鍛鍊」開始，屬於這一部分的有三篇——〈想入非非——談如何鍛鍊聯想能力〉、〈弧線大集合——談如何鍛鍊「相似聯想」的能力〉和〈顛倒歌——談如何鍛鍊「相反聯想」的能力〉；其次是關於「詩題」的部分，共有兩篇，那是〈猜猜謎——談新詩習作的另類訓練〉和〈呼喚你的名——從「定詩題」

培養新詩讀寫能力〉；再其次是有關「知覺運用」的，那是〈知覺嘉年華——談新詩習作中知覺的運用〉；「意象」的經營也極為重要，所以〈意象大搜尋——談新詩習作中意象的鍛鍊〉就排在後面；接著是「給材料寫詩」的幾篇，如〈填空遊戲——談一種新詩習作的訓練方式〉、〈模仿大師・非我莫屬——談新詩的仿寫〉、〈舊瓶裝新酒——談新詩的改寫〉；然後收錄的是〈動與美——談新詩寫作中動詞的錘鍊〉，那是談如何「煉動詞」的篇章；再接下去就是〈連連看——談譬喻格在新詩寫作中的運用〉、〈魔法手指——談擬人法在新詩寫作中的運用〉，這兩篇是談「修辭格」的運用；關於「章法」者則有三篇，那就是〈相似與相反——談賓主法與正反法在新詩改寫中的運用〉、〈綠葉紅花——談賓主法在新詩寫作中的運用〉和〈反過來說——談正反法在新詩寫作中的運用〉；最後的數篇則是探討「專門主題」寫作的，如〈記得當時年紀小——兒童詩寫作練習〉、〈畫畫又寫寫——圖像詩寫作練習〉、〈自畫像——自敘詩寫作練習〉、〈抓住你了——詠物詩寫作練習〉、〈我思考——哲理詩寫作練習〉、〈我戀愛——愛情詩寫作練習〉。

總共二十二篇文章，其中有半數以上準備發表在《國文天地》與《人文及社會學科教學通訊》，此次輯為一書出版，希望能與更多教師、同學及新詩愛好者共享。每個人都有詩心，那是與生命律動相聯繫的，因此當詩心被引動時，那種從心底噴湧而出的喜悅感受，無法漠視、無可取代；所以，本書也可以說是一個記錄，記錄的是詩心萌芽、茁長時，那種清新鮮嫩的姿態。而且在出書的過程中，有一件事印象特別深刻，那就是定書名；從《跳跳舞》、《芽兒》、《甜心》到《詩路之旅》，每一個名字都喜歡，卻也每一個都不是非常滿意，最後定為《詩從何處來——新詩習作教學指引》，一方面感覺明朗大方，再方面也清楚地點明本書的性質。

最後，要向萬卷樓圖書有限公司總經理梁錦興先生，和編輯李冀燕、陳欣欣小姐致上誠懇的謝意，沒有他們的大力幫助，本書是不可能在最短的時間內和讀者見面的。不過，由於筆者識見有限，疏漏之處在所難免，盼望　博雅君子不吝指證。

仇小屏　民國九十一年七月，序於花蓮

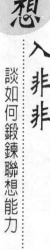

想入非非

談如何鍛鍊聯想能力

「聯想」是指人的頭腦中表象的聯繫，亦即一個表象的呈現，引起了其他一些相關的表象；譬如我們看到月曆已撕到二月，就會想到冬去春來，由冬去春來又自然會想到萬物復甦，由萬物復甦又想到春景的美麗……等等。這種由一種事物想到另一種事物的心理過程就是聯想。

在習作新詩時，若是能夠擁有良好的聯想能力，就能夠搜尋到多樣而新鮮的素材，對於豐富內容而言，有極大的幫助；尤其常會見到那種搜索枯腸，卻仍遲遲無法下筆的學生，之所以如此往往是因為缺乏聯想能力的緣故。因此鍛鍊學生的聯想能力，也就成為當務之急了。

談到鍛鍊聯想能力，就會想到文藝心理學中所謂的「聯想三定律」。那是指達成聯想的三種主要路徑：即接近、相似、相反聯想。其中接近聯想就是因為時間、空間……的接近所引起的聯想，例如由桌子想到椅子，由花想到葉；而相似聯想就是由一事物出發，聯想到與其表現性相似的事物，例如由暴風雨想到革命，由花想到美人；還有相反聯想就是由一事物出發，聯想到與其表現性相反的事物，例如由戰爭想到白鴿，由監獄想到飛翔。這三種聯想都對新詩創作具有很大的意義，創作者可以借助這三種聯想，來搜尋寫作的材料，因此若能加以訓練，對於寫作來說，是相當有益的。

而且這種訓練可以稍加「包裝」，讓它變得像遊戲一樣。底以下就是以「聯想三定律」為基礎，所進行的聯想練習。

一、

首先可以發下一張學習單，上面就有「聯想三定律」的簡單說明，以及一個分為三欄的表格；針對「聯想三定律」作過簡單介紹，接著就是選定主題，請同學據此來聯想。除了寫在學習單上，還可以將黑板同以樣一分為三，讓所有的同學都來寫上自己的答案，並且一同分享。

底下就是以「風」為主題來進行的聯想：

接近	雨、冷氣、被吹亂的髮、風扇、颱風（自然一 林怡萱） 風鈴、雲的流動、浪潮（自然一 廖郡婉） 風車、雪、陰天（自然一 蔡欣翰） 落葉、花香、沙塵暴、清涼（特教一 王怡蓁） 空氣（特教一 林嘉琦） 閃電、龍捲風、平原（特教一 施嘉吟） 飛沙、海嘯（數學一 許裕晟） 帆、船、噴射機（體育一 蔡宜君） 風箏（體育一 廖志宏） 蒲公英、扇子、竹蜻蜓、大氣層（特教一 張偉恩）
相似	堅強的人（自然一 林怡萱） 漂泊的旅人、母親的手（自然一 廖郡婉） 飄逸、快速、善變、溫柔（自然一 蔡欣翰） 隱士（特教一 王怡蓁） 愛情、河（數學一 許裕晟） 流行趨勢、呼嘯、萬馬奔騰、無情（體育一 蔡宜君） 自由、飛翔、流浪、速度（體育一 廖志宏） 遊子、瀟灑、自在（特教一 張偉恩） 探索者、跳舞者、浮萍（美教一 楊宜楓） 羽毛、廣闊、輕鬆（音教一 劉慧文） 飄忽不定、來去自如、小
相反	密閉空間（自然一 林怡萱） 山、堅固的高樓、磚頭（自然一 廖郡婉） 強悍、醜惡（自然一 蔡欣翰） 靜止、悶熱（特教一 賴薇安） 地面、封閉、包圍（特教一 施嘉吟） 禁錮、固執（體育一 蔡宜君） 心如止水、枷鎖、阻礙、穩定（體育一 廖志宏） 石頭、囚犯、聯考（特教一 張偉恩） 停滯、沉悶、拘束（美教一 楊宜楓） 夏天（音教一 劉慧文）

雷鳴（音教－李金喜） 裙子飛起（音教－葉淑文） 樹葉沙沙聲、考卷亂飛（數學－洪郁雯） 花草舞動（數學－張靜惠） 觸覺、水紋、飄落（美教－黃華君） 災難、森林大火、起飛、芭蕉扇、瑪麗蓮夢露、宇宙（特教－余典翰）
鳥、春神（音教－李金憙） 飛舞、香味（音教－葉淑文） 吻、跑步（數學－洪郁雯） 輕飄飄（數學－張靜惠） 包圍、環繞（心輔－簡心慧） 開朗、靈光一現、舒服（美教－黃華君） 微笑、力量、毀滅（進修部－龔怡方） 流動、呼吸、飄、升起（特教－余典翰）
太陽（數學－張家琁） 寧靜（數學－陳嬿婷） 沉默（數學－張靜惠） 火、沉重（心輔－簡心慧） 悶、休息狀態、等待（美教－黃華君） 剛強、凝結、落地生根（進修部－龔怡方） 窒息、重量、掉落（特教－余典翰）

學生的聯想成果真是五花八門，而且有好些是頗具新意的。譬如在接近聯想中，會想到雲的流動、風鈴、風箏……等，在相似聯想中，出現了旅人、流行趨勢、吻……等聯想，而經過相反聯想，則想到了心如止水、囚犯、聯考……等等。這些都是與「風」有關的，各種可資描寫的素材；所以此時若是規定以「風」為題來進行新詩習作，相信絕對不愁沒東西可寫，而且這也是一個很好的再深入、再發展的方向。

二、

在「聯想三定律」中，相似聯想和相反聯想是可以作為比較的。就修辭格來說，相似聯想是「譬喻」格的基礎，相反聯想則是「反襯」格的基礎；就章法來說，運用相似聯想會形成「賓主」法，運用相反聯想則會形成「正反」法；就美感來說，相似聯想所造成的美感趨於「調和」，特色是協調、優美、柔和，相反聯想所造成的美感則是趨於「對比」，其特色是醒目、振奮、強烈。因此，將相似聯想與相反聯想獨立出來加以訓練，那是很不錯的。

所以，暑假期間為教學碩士班的同學上課時，就曾經進行相似與相反聯想的訓練，不過進行的步驟與前面稍有不同。也就是我們先選定一個具有鮮明特色、豐富意涵的主題，然後抽繹出它的特色，接著才是根據這些特色進行相似與相反聯想。

當時我們是以「雪」為主題來展開聯想。因為「雪」在文學中原本就是一個非常重要的意象，就算是地處亞熱帶的台灣，「雪」是日常罕見的事物，但是我們的文學作品中仍然常常出現「雪」意象，所以「雪」可說是完全符合前述的條件，我們很容易就能夠發掘出「雪」所具有的特質。在短短的一、兩分鐘內，我們就發現「雪」至少具有如下的特色：

1. 潔白
2. 冰冷
3. 輕柔
4. 易逝
5. 晶瑩剔透
6. 散落
7. 蕭瑟
8. 艱困

如果再繼續追索下去，相信必然有更多的特色被發現。不過，為了避免負擔太重，我們決定以前四個特質為對象，來展開相似與相反聯想。底下就是同學的聯想所得：

語碩三張蓓玲

特質	相似	相反
特質一：潔白	油桐花 海芋田 鹽田 白雲	污染 爛泥 檳榔汁
特質二：冰冷	北極 大理石 屍體 冷戰中的情人	火鍋 童稚 激情 太陽
特質三：輕柔	棉絮 輕吻 木棉 蒲公英 微風	風暴 爭吵
特質四：易逝	歲月 生命 焰火 浪花 花朵	礁石 塑膠袋 松柏

語碩三趙逸萍

特質	相似	相反
特質一：潔白	天使 珍珠 良心 蓮花 小龍女	罪犯 灰塵 黑髮
特質二：冰冷	月光 地獄 石像 噩耗	烈火 愛情
特質三：輕柔	肌膚 母愛	父親 戰士 礫石
特質四：易逝	夢 青春 童年 流水	黃金 真理

語碩三 黃郁涵

特質	相似	相反
特質一：潔白	野薑花、嬰兒	乞丐、豬圈
特質二：冰冷	寒冬、冰山、辱罵、落井下石	仲夏、岩漿
特質三：輕柔	髮絲、雲雀、花瓣、音樂	機器、大象、汽車、衣櫥
特質四：易逝	炊煙、雲霧、流星	鑽石、青山、意志力

語碩三 陳學珠

特質	相似	相反
特質一：潔白	皮膚、公主、兔子、浪花	污泥、巫婆、垃圾
特質二：冰冷	高原	夏威夷、火山
特質三：輕柔	柳葉、彩帶、趙飛燕、水	堅石、病痛
特質四：易逝	煙火	相片

語碩三陳桂梅

特質	相似	相反
特質一：潔白	牙齒 白襯衫 月亮	頭髮 海帶 木炭 油漬
特質二：冰冷	銼冰 後母的臉 停屍間	熱情 聖誕老公公
特質三：輕柔	棉花糖 舞者	木頭人 訓導主任
特質四：易逝	彩虹 浪花	記憶 化石 雕像

語碩三徐金蓮

特質	相似	相反
特質一：潔白	白衣天使 明眸皓齒 衛浴設備	伸手不見五指的山洞 久未清理的抽油煙機
特質二：冰冷	親人的離去 不苟言笑的面容 黑夜 冷言冷語 傷心往事	孩子燦爛的笑容 在消沉時受到的鼓勵 家人的關心 和煦的陽光
特質三：輕柔	媽媽親手織的白色毛海圍巾 家中的抱枕 女兒的雙手 撫慰我心靈的歌聲	剛正不阿的個性 毫無表情的面容
特質四：易逝	幸福的預感 悸動的時刻 信任感	書籍 感動 友誼 兒時的回憶

語碩三 連吳卿

特質	相似	相反
特質一：潔白	冰清玉潔、光明、白髮蒼蒼	烏溜溜的秀髮、黑夜
特質二：冰冷	冷靜、心如止水	衝浪
特質三：輕柔	羽毛、死有輕於鴻毛、風箏	泰山、坦克車
特質四：易逝	朝露、初戀、靈感	大自然、親情

語碩三 韓珩

特質	相似	相反
特質一：潔白	護士	殺手
特質二：冰冷	玻璃	麻辣鍋
特質三：輕柔	雲朵	鋼鐵
特質四：易逝	時間	礦石

語碩三 陳宗聖

特質一：潔白		特質二：冰冷		特質三：輕柔		特質四：易逝	
相似	相反	相似	相反	相似	相反	相似	相反
棉花 鹽 婚紗 太平間	煤炭 黑煙	冰淇淋 冬天的鐵 板凳	夏天的柏油路	細雨	石頭	青春	真理

語碩一 陳慧敏

特質一：潔白		特質二：冰冷		特質三：輕柔		特質四：易逝	
相似	相反	相似	相反	相似	相反	相似	相反
水晶 白紙 善良的人性	瞳孔 邪惡的心思 魔鬼	刀刃上的寒光 窮途末路 謀殺 戰爭 千年古墓 無情的世界	家 人情味 艷舞 辣椒 鮮血	呵護 母親的愛撫	山崩 負債 河馬 巨輪 巨人	泡沫 爆竹 歡樂時光	木乃伊 聖人 傳統

語碩一 林華峰

特質一：潔白	相似	君子、立可白
	相反	小人、罪惡
特質二：冰冷	相似	霜、拒絕、墳墓、失望、刀
	相反	接納的心
特質三：輕柔	相似	愉快的心情、媽媽的手、安慰
	相反	狂風暴雨、沉重的心情、兇手、死亡
特質四：易逝	相似	櫻花、名利、健康、愛戀
	相反	傷痛、星辰

語碩三 邱進江

特質一：潔白	相似	聖母
	相反	福德坑
特質二：冰冷	相似	後母
	相反	北回歸線下的午後
特質三：輕柔	相似	蠶吐絲、風中柳
	相反	太魯閣的岩壁、防波堤
特質四：易逝	相似	人生如戲
	相反	海誓山盟

語碩三陳志哲

特質	相似	相反
特質一：潔白	衛生紙	再生紙
特質二：冰冷	北極熊	馬爾地夫
特質三：輕柔	金枝玉葉	田徑
特質四：易逝	林黛玉 花火	等待 彭祖

語碩一王慧敏

特質	相似	相反
特質一：潔白	良心 玉石	污泥
特質二：冰冷	絕望 企鵝	希望 赤道
特質三：輕柔	水蜜桃 彈簧床	冷板凳
特質四：易逝	曇花	松柏

語碩三 陳世杰

特質	相似	相反
特質一：潔白	玉環	礦坑
特質二：冰冷	海底、失戀、失敗、獨行、地窖	戀人的眼睛
特質三：輕柔	絲綢、春天、芭蕾舞者	舉重選手
特質四：易逝	夕陽、流行事物、哭、笑	信仰

先將事物的特質抽繹出來，再進行相似、相反聯想，最大的好處是思路會清晰許多，也就是這樣才能真正掌握相似、相反聯想。這種訓練也可以換個方式，就是每種特質都加以聯想，但是都只要聯想到一種事物即可，那麼就能夠全面掌握聯想主題的特色，可是又不會造成太大的負擔。

當然，在進行的過程中，我們發現大家會不約而同的聯想到某些事物，因此它就一再出現，譬如與「雪」的輕柔特色相反的，最容易想到的就是鋼鐵、石頭，所以我們也可以提醒同學「獨創性」的重要，如果能夠聯想到別人想不到的事物，那就是「獨到之處」，那就先勝人一籌了；不只如此，如果所聯想到的事物，也是具有鮮明特色、豐富意涵的，那麼就更容易予以發展，舉例來說，與「雪」冰冷特質相似的，有死亡、絕望、地獄、拒絕、失戀、落井下石……等，都十分具有特色，所以我們在聯想時，也應該往這個方向去搜尋。

總之，動動腦，讓聯想力飛躍，讓自己「想入非非」吧！

弧線大集合

談如何鍛鍊「相似聯想」的能力

文藝心理學中有所謂的「聯想三定律」，那是指達成聯想的三種主要路徑：接近、相似、相反聯想。其中接近聯想就是指因為時間、空間……的接近所引起的聯想，例如由桌子想到椅子，由花想到葉；而相似聯想就是指由一事物出發，聯想到與其表現性相似的事物，例如由暴風想到革命，由花想到美人；還有相反聯想就是指由一事物出發，聯想到與其表現性相反的事物，例如由戰爭想到白鴿，由監獄想到飛翔。

這三種聯想都對新詩創作有很大的意義，因為創作者往往需要借助這三種聯想，來搜尋寫作的材料，因此若能加以訓練，對於寫作來說，是相當有益的。而針對「相似聯想」的訓練而言，有一首詩是相當適合的，那就是顧城的〈弧線〉：

〈弧線〉顧城

鳥兒在疾風中
迅速轉向

少年去撿拾
一枚分幣

葡萄藤因幻想
而延伸的觸鬚

海浪因退縮
而聳起的背脊

其結構分析表如下：

並列一：「鳥兒在疾風中」二行
並列二：「少年去撿拾」二行
並列三：「葡萄藤因幻想」二行
並列四：「海浪因退縮」二行

顧城此詩運用了「並列法」。所謂「並列法」就是說各個結構單元之間，彼此的地位都是相等的，並未形成正反、賓主、因果、淺深……等關係，而它們之所以能被組織起來，那是因為有主旨在統攝，因此可以說是「萬流歸宗」、「形散而神不散」。針對此詩而言，主旨就是對萬象之美的讚嘆，為了傳達這個主旨，所以捕捉、描摹了四個美麗的「弧線」，這四個弧線意象，看似漫無組織地羅列在詩中，實則是在作者的精心設計下，構成一個渾然的整體。

可以想見作者在寫作此詩時，必然自覺或不自覺地運用了「相似聯想」。因為這四個意象，儘管有天上、地下、動物、植物……等等的不同，但是都具有同一個特點：形成了弧線；而且作者為了強調出這一點，在題目的部分就點明：〈弧線〉。所以作者是從「弧線」開始發想，浮想聯翩，跨越了事物屬性的種種不同，因而搜尋到最最美麗的四個弧線，充分地表現出作者面對這晴好的天地，心中所湧動的讚美之情。

「弧線」是圓潤的、也是美麗的，作者選取來作為表現的重點，本身就是獨到之處；更何況藉由「相似聯想」，突破物與物、事與事之間的「隔」，發現彼此的相似、相通處，這種因溝通而產生的自由美感，真是太吸引人了，怎能不讓人神往呢？

所以，在新詩教學中，運用這首詩來鍛鍊學生的「相似聯想」的能力，真是再好也不過了；而且這首詩淺明易懂，語彙優美，學生不僅可以了解，還會被吸引，因此要求他們進而去聯想天地中其他美麗的「弧線」，那就是毫不為難的事了。

在實際教學時，可以先印製顧城〈弧線〉給學生欣賞，稍作解釋後，給學生十到十五分鐘的時間，鼓勵他們盡量放開來聯想；然後可以要求學生將聯想所得直接寫在黑板上，大家一起來欣賞；最後將自己的聯想抄錄在作文簿上，作為一次作業。這樣的教學活動所費時間不多，但是既有趣又有益，可說是非常理想的教學設計。底下所列的詩作，即是筆者任教大一通識課程「閱讀與寫作」，以及暑期的教學碩士班時，指導學生創作出來的成果；而且這些「弧線」又大致可以分為「自然物象」與「人事現象」兩類。

其中屬於自然物象者如下：

稻穗在金黃大地上
低頭冥想（英語一　陳盈均）

流星倏地溜過
這個世紀（英語一 陳盈均）

蒲公英在風中
刻下的回憶（數學一 許裕晟）

雨後
展露笑容的
虹（自然一 蔡欣翰）

蕾絲裙般的海岸（特教一 王怡蓁）

隕石奔向藍星
帶著最後的燦爛（數學一 洪郁雯）

流星割傷了天空的臉龐（社教一　陳嬿淇）

海豚
自水面跳出
迎接掌聲（語教一　柯佳慧）

飛魚在湛藍中
倏的飛起（語教一　陳韻帆）

海與天
深藍與淺藍
在眼睛最深遠處
劃一道弧（社教一　許玉玲）

夜空點綴著
彎彎的上弦月（語碩一　王慧敏）

樹木因狂風的怒吼
而搖擺它的身軀（語碩三　韓珩）

石子因戀愛
而投入波心（語碩一　林華峰）

港灣因奉獻
敞開懷抱（語碩三　張蓓玲）

山峰因力竭而
緩降（語碩三　張蓓玲）

旭日東昇，大地初醒的
地平線（語碩三　陳世杰）

總是在雨後出現
讓人想走過
天空的橋（語碩三　邱進江）

河流受峭壁阻礙
急速轉彎（語碩三　陳桂梅）

其次是描繪人事現象者，而且人造物也包含在這一類中，所以整個加起來，數量比前一類還多：

傘在雨中
伸展出的臂膀（特教一　林嘉琦）

許願者
手中扔出的銅幣（特教一　林嘉琦）
在哭和笑之間

微彎的唇角（特教一　林嘉琦）

背負著人類使命而
彎起的跨海大橋（特教一　林嘉琦）

人類因愛
而鎖住彼此的
指環（特教一　林嘉琦）

柳葉般的眉
在笑中起舞（特教一　施伊珍）

密密的黑髮
在回眸時波動（特教一　施伊珍）

靜默不語

聆聽者的耳（特教－施伊珍）

不捨
強舉起
揮擺的手（特教－施伊珍）

指針在鐘面上
不停踱步（體育－廖志宏）

圓滾滾的排球
輕越過網（心輔－簡心慧）

賽車手的生命競技場（自然－林怡萱）

圓規在紙上
來回踱步（特教－張偉恩）

小橋踮著腳尖
拱起身軀（音教一　李金喜）

指揮家之手
揮舞動人音符（音教一　劉慧文）

牙膏在一陣推拿下
嘔出最後一口白沫（英語一　陳盈均）

瑪麗蓮夢露的裙襬
吸引了千萬之眼的遐想（初教一　程碧慧）

可口可樂
男人
潛意識中的慾望（初教一　程碧慧）

亮眼的指揮棒
解除了大氣壓力（初教一　程碧慧）

完美的側身翻
躍起
劃破死寂（社教一　董秋意）

少女
跳舞的唇形（語教一　張柏瑜）

朱貝形紅潤的指甲（語碩三　趙逸萍）

神桌前虔誠祭拜的祖母（語碩三　趙逸萍）

少女在微風中
曼妙起舞（語碩一　王慧敏）

雙手因想望
而牽起了幸福（語碩一　林華峰）

Altis在擁擠的車流中
迅速轉向（語碩三　陳永豐）

橡皮擦因來回擦拭
而形成的圓潤（語碩三　陳永豐）

母親因護嬰
而圈起的臂彎（語碩三　張蓓玲）

劍客拔鞘
閃動
刀光（語碩一　陳慧敏）

展讀學生習作詩，除了為一些亮眼的詩句感到欣喜外，也時時有恍然的感覺：原來，這世界竟是如此美麗呀！而且我們會發現著墨於「人事現象」來描繪者數量較多，這與我們平常的認知是不太一致的；因為我們知道人所造做的物品較多直線，反而是自然現象中較多曲線，那麼，為什麼會如此呢？除了因為我們對「人事現象」較為熟悉外，更重要的大概還是因為容易注入情感。我曾經把學生的聯想詩句印出來，請同學們挑選自己最喜歡的一首，結果表露出濃郁感情的詩句最受青睞；並且我們可以發現，就算是描繪「自然物象」者，也常常加以「擬人」的處理，使它也具有人一般的姿態與意志。可見得我們常說的「天地有情」、「物物有情」並非只是漂亮的空話，人們自然而然地就會喜歡浸潤於優美的有情世界中。

雕塑大師羅丹有一句話是這麼說的：「這世界不是缺少美，而是缺少發現。」如果我們能鍛鍊出學生那「發現的眼睛」，讓造物者所勾勒出的圓潤的、優美的「弧線」，能夠映入眼、映入心，那麼這世界不就迷人多了嗎？

顛倒歌

談如何鍛鍊「相反聯想」的能力

在花蓮師院曾擔任「兒童文學」的課程，在「兒童文學」的幾種文類中，「兒歌」是其中非常重要的一種。其閱讀對象以幼稚園和國小低年級的小朋友為主，句子通常較短，句數也較少，文字淺顯，富有音樂性，唸起來琅琅上口，所以深受兒童的喜愛。

在「兒歌」當中，又有一類「顛倒歌」是非常特殊的。它的內容就是將世間萬事萬物都「顛倒」過來加以描寫，新穎活潑，常常以各種風貌傳唱各地，並且可以依照自己的喜好隨口編造，唸唱起來妙趣橫生；而且它除了有吸引人的外形，還有實用的功能，那就是在與實際事物相反的悖謬中，教導兒童更深刻地體會生活中的真實。

底下就是一些「顛倒歌」的例子，相當有趣：

稀奇稀奇真稀奇，螞蟻踏死老母雞，豬玀養在鳥籠裡，八十歲公公坐在拉車裡。

倒唱歌，順唱歌，河裡石頭滾上坡。先養我，後生哥，爹討媽，我打鑼。家公抓周我捧盒，我在舅家門前過，舅爺還在搖家婆。

高粱高，高粱樹上結花椒；猛虎下了天鵝蛋，耗子咬著大狸貓。官兒來了！官兒來了！騎著板凳拉著轎，吹銀鑼兒打喇叭，銀鑼兒到了馬底下。東西道兒南北走，忽聽門外人咬狗，拿起狗來打磚頭，又被磚頭咬兩口。大馬騎在人背上，口袋兒馱著毛驢兒走。

太陽從西往東落，聽我唱個顛倒歌。天上打雷沒有響，地下石頭滾上坡。江裡駱駝會下蛋，山上鯉魚搭成窩。臘月酷熱直淌汗，六月暴冷打哆嗦。姐在房中頭梳手，門外口袋把驢馱。鹹魚下飯淡如水，油煎豆腐骨頭多。黃河中心割韭菜，龍門山上捉田螺。捉到田螺比缸大，抱了田螺看外婆。外婆搖籃呱呱哭，放下田螺抱外婆。

看了這些「顛倒歌」之後，我們當會發現這些「顛倒歌」都是在「相反聯想」的基礎上產生的，所描繪的內容涵蓋了自然與人事現象，也就是說看到眼前的事事物物，然後想到它相反的那一面，記述下來就成了「顛倒歌」。因此「顛倒歌」之所以怪怪奇奇，都是因為運用「相反聯想」的關係；那麼，如果我們教導學生創作「顛倒歌」，是不是也能藉此訓練學生「相反聯想」的能力呢？答案應該是肯定的。

所以，在課堂上曾經設計過一份作業，就是要求學生當場寫作「顛倒歌」，並且寫到黑板上與同學共欣賞。底下就是一些學生的即席創作：

怪事多、怪事多，天下怪事真正多。學校粉筆拿老師，黑板寫我問題多。空白試卷下筆神，老師誇我最用功。考個鴨蛋爹稱讚，藤鞭打我笑呵呵。（自然一 廖郡婉）

倒唱歌，順唱歌，山中溪水往上流，路旁野花比樹高。腳戴手套手穿鞋，皮鞋飛盤腳來接，眼聽聲音耳看物，夏著棉襖冬赤膊。蛇飛上天鳥走路，人被鎖鍊讓狗溜。牛不吃草要吃肉，貓看門耗子最怕狗。（自然一 楊智安）

這裡月亮比星多，這裡怪事常常有。七月刮起大風雪，臘月暴雨特別多。椰子樹上長蘿蔔，黃土地裡結蘋果。螞蟻生出大老虎，肥豬飛天翩翩舞。（自然一 李佳芬）

神奇神奇真有趣，一月花兒開滿地，六月雪花輕飄飄。明明就要月光光，偏偏火球紅通通。開船上山捕魚去，跑步下海打老鷹。大魚小魚捕不著，打鷹打到大蜂窩，嘰哩咕嚕滾下來，唉啊唉啊不有趣。（自然一 詹舒茵）

白天暗來黑夜亮，又來作首顛倒歌。人人背著汽車跑，飛機潛水不稀奇。火箭硬往地底鑽，採油要往天上挖。台北交通很順暢，大家CD買正版。政治清廉不貪污，買艘軍艦不回扣。微軟永遠不當機，世界和平不打仗。（數學一 許裕晟）

椅子坐我打電腦，邊搖邊晃呵呵笑。正當我快受不了，忽有電視來報到。椅子轉臺看球賽，看得投入直稱快。Jordan拉桿掉下來，Kobe運球被人抄。大歐籃底被撞飛，我在底下沒人陪。（數學一 呂政原）

有趣有趣真有趣，五二相加變成十，七二相加是十四。管它三七二十二，九九乘法我第一。（數學一 謝效耕）

炎夏之中冷吱吱，無袖短褲直發抖。電腦打我忘時間，冷氣直直增火氣。風景看我進門去，狗追熊來蟲追貓。一片祥和亂哄哄，晚上再咬蚊子去。（數學一 郭孟芳）

電視機，看著人；腳踏車，騎著人。扇子搖我陣陣涼，弟叮蚊子連連打。小鳥下的樹兒唱著歌，青蛙外的稻田咕咕叫。（數學一　陳志遠）

「顛倒歌」可說是遊戲之作，因為它對用字遣詞只求順口，並不要求如何優美精緻，所以創作的難度並不高；而且在構思、寫作過程中，「玩」的興味很濃，如果真要培養輕鬆的氣氛，還可以去找些兒歌錄音帶放給同學聽，那種輕快的節奏、清脆的童音，馬上會挑起學生的童心來。所以對於新詩初學者而言，先練習寫寫「顛倒歌」，也是一個不錯的選擇。

可是儘管是邊玩邊寫，「顛倒歌」在寫作時仍是有它積極的意義的。「相反聯想」、「想像力」的訓練，就可以在這種沒有壓力的情況下達成；而且面對這種相反荒謬的景象，常會予人特殊的感受與體悟，這也是別種詩歌難以做到的。

不過，為了避免陳陳相因，在習作「顛倒歌」時，可以建議學生鎖定一個較新鮮的範圍，這範圍可以是一件事、一個人，也可以是某個領域，然後再來思考如何顛倒。譬如呂政原以平日打電腦、看電視這種瑣碎小事為主體進行顛倒，就跳脫了「顛倒歌」常見的舊題材，顯現出新風貌；廖郡婉、謝效耕分別以學校考試和九九乘法為顛倒的對象，也顯得既親切又有趣；許裕晟針對「不順眼之事」進行顛倒，嘲諷意味濃厚，有點「順口溜」的味道。

如何才能夠訓練「逆向思考」的本領呢？也許可以從「顛倒歌」的寫作開始吧！

猜猜謎

談新詩習作的另類訓練

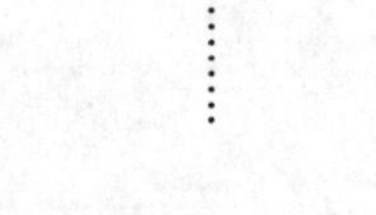

要引起學生寫新詩的興趣，最好先引起學生讀新詩的興趣。但是要引起學生讀新詩的興趣，那麼不只可以用老師講、學生聽的方式，有時變換一下教學方法以為調劑，也是蠻好的。

「新詩猜謎」就是一個很有趣又很有益的新詩讀寫活動。教師的前置作業很簡單，只要找到適合的詩篇，將它的題目空出來，那就是一道詩謎了；而且學生為了要猜出謎底，就一定要閱讀詩篇、玩索詩篇，進而將答案猜出來。當然，如果興致更高的話，還可以自己動手來製作新詩詩謎，那一定會更好玩！

底下就是一些詩謎，大家來猜猜看吧！

（　　）　馮青

現在
你是夏日裡
最快樂的
水聲了

答案：青蛙

要符合「夏日」、「水聲」這兩個條件，那就只有青蛙了。所以這首詩是在描寫青蛙「撲通」一聲跳下水的樣子，夏日即景活現眼前。有學生會猜「蟬」，但是與「水」搭不上關係，所以並不適合。

（　　）　吳岸

如果不是來自山林
我哪會如此冰清
如果沒有岩石阻攔

我哪會這樣奔放
如果不敢飛越懸崖絕壁
我哪會有如此磅礡的生命

答案：瀑的話

全詩分成三個層次：第一層飛瀑申明自己的源頭、來處——山林，為的是烘托出自己的品質——冰清；第二層寫自己生命道路上的坎坷——有岩阻擋，為的是突出自己百折不撓的性格；第三層寫自己敢於飛越懸崖絕壁的勇氣，是一曲磅礡生命的讚嘆（見《中國新詩詩藝品鑑》，劉紅林賞析）。這樣描繪下來，「瀑布」之姿令人神往。

〈　　〉廖澤川

山，垂一條領帶
抖著男子漢瀟灑的氣派

答案：瀑布

此詩以「領帶」喻瀑布，更以「男子漢」喻大山，於是瀑布的神姿逸態便從這妙喻中，飄飄逸逸地「瀟灑」出來了（見《中國新詩詩藝品鑑》，劉忠陽賞析）。

（　　）　牛波

你是龍泉寶劍嗎？
被峭壁擠扭得
曲曲彎彎
但，永遠不會折斷
只要頑石一疏神
便錚然劈向
乾旱的草原

答案：溪

作者將「滴水穿石」的精神，賦予給穿行於山道間的淙淙小溪，使詩歌具有悠遠的意味。首句以設問起句，把「溪流」比作「寶劍」，小溪便具有所向披靡、剛毅進取的性格；正因為如此，即使被陡峭的山岩擠扭得「曲曲彎彎」，但是它「永遠不會折斷」：而且，「只要頑石一疏神／便錚然劈向／乾旱的草原」，寫活了小溪的勇猛果斷，可說是前後交相輝映(見《中國新詩詩藝品鑑》,吳玉蘭賞析)。

〈　〉丁芒

誰知道萬物怎麼熬過黑夜,
天一亮就看見到處是淚珠,
一片葉一莖草都像哭過,
淚滴上凝聚著多少悽楚!

可是它得到曙光也最早,
含淚的眼,才有最歡樂的笑,
那光閃閃水靈靈的淚珠啊,
正爭著把黎明照耀!

答案:露

此詩一開始就把露珠視作痛哭的眼淚,由此推想萬物是痛苦地熬過了一整夜。然而第二節「轉」出新境,寫露珠最早得到曙光的照耀,也因為有了這點點閃閃的淚珠,才最能享受到朝陽的五光十色，歡笑得更加美麗（參見《中國新詩詩藝品鑑》，趙麗玲賞析）。

〈　　〉穆仁

從稜角分明的少年，
走到圓潤光滑的老年，
水流把所有的直線，
都扭彎成一團。

似乎更隨和了，
其實更固執、更鐵堅。

答案：鵝卵石

鵝卵石是司空見慣的東西，人從少年活到老年也是天經地義的事，但這兩種普遍至極的事物現象，卻在作者獨到的觀照下，融合為一體。鵝卵石剛從石山裡走出來時，猶如一個不諳世事的少年，是稜角分明的，有著自己獨特的個性和見解；經歷過多年的風風雨雨後，鵝卵石和人一樣，變得圓潤而光滑，看起來「似乎更隨和了」，其實卻是「更固執、更鐵堅」，可見得少年時的志向和個性，並未因時間的流逝而消失，那種「外圓內方」、「老而彌堅」的韌性與執著，令人嘆賞（參見《中國新詩詩藝品鑑》，徐偉鋒賞析）。

〈　　〉劉犁

當最後一塊版面
也被擠掉了
你們，來到這只生長青苔的岩壁上
吃石頭生長
居然也長得這般蚪勁
居然也長得這般茂盛
像一個棄兒
自個兒掙扎成人

答案：岩縫裡的樹

此詩慧眼別具，熱情謳歌長在懸崖石縫中的松樹，那堅韌頑強的生命力。當人類把它們最後的立足之地都擠掉了之後，它們便「來到這只生長青苔的岩壁上／吃石頭生長」，這種生命力旺盛得近乎強悍；而且「居然也長得這般虯勁／居然也長得這般茂盛」，真是令人肅然起敬；因此作者總收一筆：「像一個棄兒／自個兒掙扎成人」，這是最中肯的評價、最貼切的禮讚（參見《中國新詩詩藝品鑑》，劉忠陽賞析）。

〈　　〉貞子

鈴
把一生
敲成碎片
落下來
是數不清的
花瓣

答案：教師的人生

一開始的「鈴」是指鐘聲，而所謂「把一生／敲成碎片」，是說老師聽鐘聲上課、下課，因此一生彷彿被這鐘聲弄得零零散散；之所以說「落下來／是數不清的／花瓣」，那是因為我們常常將老師比喻成園丁，所以老師教育學生，就像園丁培育花朵一般，而且「花瓣」

與前面提到的「碎片」，在外形上都是小小細細的，更讓人想到老師的心血換得了學生的成長（參考《中國新詩詩藝品鑑》，彭建明賞析）。所以此詩所描寫的就是老師。

〈　〉　艾青

一個浪，一個浪
無休止地撲過來
每一個浪都在它腳下
被打成碎沫，散開……

它的臉上和身上
像刀砍過的一樣
但它依然站在那裡
含著微笑，看著海洋……

答案：礁石

浪撲過來，被打成碎沫，散開……，然後又是一個浪撲過來，被打成碎沫，散開……，礁石的臉上和身上都「像刀砍過的一樣」，可是它「依然站在那裡／含著微笑，看著海洋……」。礁石彷彿是一個勇者的化身，那種微笑的形象，讓人敬慕不已。

〈　〉　臧克家

總得叫大車裝個夠，
它橫豎不說一句話，
背上的壓力往肉裡扣，
它把頭沉重的垂下！

這刻不知下刻的命，
它有淚只往心裡咽，
眼裡飄來一道鞭影，
它抬起頭來望望前面。

答案：老馬

衰憊的老馬拉著大車，車子沉重極了，老馬一步也拖不動，可是怕人的鞭子甩下來了，老馬只好苦苦掙命往前拖拉。這是一首感人至深的詩，作者自云：寫老馬，實際上也就是寫了自己。

不過，有趣的是，幾乎所有的人都會猜成「老牛」。想想也對，因為台灣早期本來就常用牛來拉車，幾乎沒看過馬，所以猜老牛應該也可以算對吧！

〈　　〉張默

遠遠的
靜悄悄的
閒置在地平線最陰暗的一角
一把張開的黑雨傘

答案：鴕鳥

這首詩捕捉的是鴕鳥逃避時的標準動作——一頭鑽進沙地，可是屁股卻翹得半天高，因此說它是「一把張開的黑雨傘」；而且前面還說「遠遠的／靜悄悄的／閒置在地平線最陰暗的一角」，從「閒置」、「陰暗」等語，我們馬上可以讀出作者對「縮頭逃避」的批判。這一題不太好猜，老師不妨慢慢縮小範圍，等到學生猜出來時，給他一個大大的歡呼。

在作有關新詩的專題演講時，常常會附上一份「新詩猜謎」，讓老師們玩一玩，通常老師們都會精神為之一振，立刻興致勃勃地猜起來了，而且碰到爭議題時，還會爭取放寬標準答案，看起來還真有點介意呢！

老師尚且會喜歡猜謎，就更別說是學生了。在新詩考題中，常會考這首詩篇所敘述的主體為何？因為是考試，所以學生作答時不免有被強迫的感覺。可是如果用「新詩猜謎」的方式來包裝的話，雖然原理一樣，但是效果就大不相同了，假使老師再提供一些小小的獎勵，或是配合元宵節來實行，想必全班更是熱鬧滾滾、high到不行。

不騙你，真的很好玩喔！

呼喚你的名

從「定詩題」培養新詩讀寫能力

題目是詩篇的眉目，所謂「名不正則言不順」，作者深思熟慮、反覆推敲後定下的題目，通常是從表現主題的需要出發，有的直接揭示主要思想，有的概括重要內容，更有的提示全篇重點（參考陳惠齡《現代文學鑑賞與教學》）。所以有人甚至說道：「題好一半詩」，可見得定詩題的重要了。

為詩篇定題目原本是詩人的專利，而且那種快樂與慎重，大概不下於為自己的寧馨兒命名。不過，在新詩教學中，為了訓練學生的讀、寫能力，不妨向詩人們暫時「剽竊」這項權利。因為從學生對詩篇的命名上，可以看出他們對詩篇的了解程度，而且他們可以依據自己的了解，來定出最為適切出色的題目。

筆者在擔任大一通識課程「閱讀與寫作」時，於一次期末測驗中，針對「定詩題」設計了一個考題，題目如下：

閱讀下列詩篇後，請為它定一個題目，並說明為什麼定這個題目。

傳說：

宇宙是個透藍的瓶子，
則你的夢是花，
我的遐想是葉……
我們並比著出雲，
人間不復仰及，
則彩虹是垂落的菀蔓
銀河是遺下的枝子……

學生的答案如下：

一、語教一　陳韻帆

〈爬藤植物〉。

全詩緊扣植物來敘述兩人之愛戀情愫。以你的夢是「花」，我的遐想是「葉」，彩虹是垂落的「菀蔓」，銀河則為遺下的「枝子」，所以題目中應有「植物」二字。而爬藤二字則是源於「菀蔓」，且爬藤之綿延不絕，恰可代表戀愛中的男女，其思念之情永不斷絕。

二、初教一　張芳琪

〈陪伴〉。

這首詩中的「你」、「我」，好像是一對戀人，只要彼此相伴，人間的一切都不再重要，宇宙也變得微小，因此題目定為〈陪伴〉就再貼切也不過了。

三、英語一　陳盈均

〈心樂園〉。

整首詩給人一種舒暢祥和的感受，恍若整個宇宙就是一片世外桃源，你、我心中都存有一份夢想，而這個夢想是建構在這最純真、潔淨的環境中。讓我心生羨慕之情，並希冀活在「心樂園」中。

四、社教一　董秋意

〈伊甸〉。

我覺得這首詩描寫的是對浩大神秘的宇宙的一種幻想。藉著首句的「傳說……」開始，使讀者有往下探索的意念，接著敘寫宇宙就像無污染、透藍的瓶子，夢由花構成，遐想由葉組合，而「我們」乘著雲，遠離人間塵囂；而且彩虹和銀河劃過天際，垂落在地平線，就像菀蔓垂下一樣。因為放眼所見的一切，都是那麼的美好無瑕，就像生活在伊甸園一樣，這或許是作者對現實厭倦，所以才會希望回到那個無污染的伊甸。

五、英語一　吳佳潔

〈瓶中藤〉。

作者在首句寫著「傳說」，猶如蔓藤不斷延伸，而傳說也不停地流傳著。瓶中裝滿了作者的希望與遐想，那美麗寧靜的畫面，讓人留連不已。

六、語教一　陳晉賢

〈插花〉。

我覺得整首詩就是在描寫插花的過程。詩中說宇宙是瓶子，「你的夢是花／我的遐想是葉」，就好像花和葉插在瓶子裡，並且展示出來；接下來又說「並比著出雲」，簡單地描繪這盆花擺放的佈景，最後加上了彩虹的襯托，並修剪銀河多餘的枝子，一盆美麗的花於是大功告成。

原本的詩題是〈戀〉。其結構分析表如下：

- 因：「傳說：」二行
- 果
  - 高
    - 因：「則你的夢是花，」二行
    - 果：「我們並比著出雲，」二行
  - 低：「則彩虹是垂落的菀蔓」二行

所有的一切，都是從那個「傳說」開始的。傳說：「宇宙是個透藍的瓶子」，「透藍」二字敷上天空水清清的色彩，而「瓶子」之喻結合了宇宙中的萬象：人們、雲彩、彩虹、銀河，貫穿起全詩。

接下來的詩句就自然地鋪衍而下：因為宇宙是瓶子，所以瓶中自然插著美麗的花葉，而那花是「你的夢」，葉是「我的遐想」，藉著夢與遐想的力量，我們因而高舉，連雲彩都在我們的腳下，更何況是紅塵滾滾的人間呢？所以，說得落實一點，這四句其實是表示美麗的想望，可以帶著人們無限地攀升。

而且花與葉的位置是較高的，稍低一點則有「垂落的菀蔓」和「遺下的枝子」，那分別是「彩虹」和「銀河」。「彩虹」和「銀河」的出現，將宇宙粧點得更加美麗，而且相形之下，也更加托高了「人」的位置。

所以我們可以知道：題目中的「戀」，一方面可以指「戀愛」，人在戀愛時，夢與遐想齊飛，絕沒有任何一個別的時刻可以比擬得過；而且從戀人的瞳中看去，這宇宙宛然美麗得如同花朵。不過，這個「戀」也可以指對美麗宇宙的眷愛，那雲、虹、星……，都親切得如同手中把玩的花葉。

從學生的答案中，我們發現這兩種看法都有人支持。陳韻帆和張芳琪都從「戀愛」的角度來賞析這首詩，而且分別定了〈爬藤植物〉和〈陪伴〉的題目。陳盈均和董秋意則認為這首詩在歌頌宇宙的寧靜美好，所以題目最好是〈心樂園〉和〈伊甸〉（其實頗有異曲同工之妙）。這四位同學可說是根據詩篇的主旨來定題目。

至於吳佳潔著眼於爬藤的不斷延伸，就好像傳說的不斷流傳，因而定為〈瓶中藤〉；陳晉賢則另有新解，認為整首詩就是在描寫插花的過程，所以題目非〈插花〉莫屬。他們可說是分別依據重要意象、主要內容來定題。

根據自己出書的經驗，每次為新書想書名時，往往是又快樂又苦惱的時候（當然是樂多於苦啦！）。由此不禁想到：學生在求學生涯中寫慣了命題作文，相反過來，定題目可是很罕有的經驗呢！為什麼不讓他們也享受一下那種「又快樂又苦惱」的感覺呢？而且，如果希望「更快樂更苦惱」，那就提筆寫一首真正屬於自己的詩吧！

知覺嘉年華

談新詩習作中知覺的運用

人有五種感覺，即視覺、聽覺、膚覺（觸壓覺、溫度覺）、味覺和嗅覺，人類藉助於這些感覺，才感知了大千世界中形形色色的事物，以及各種事物迥然不同的屬性，如顏色、氣味、音響、形狀、冷暖等等。作者努力使自己的語言富於色彩、聲音和味道，以便於更翔實、豐富、生動的表現這個大千世界，而且這種種知覺會在內在融合、提升為「心覺」，因此而更深刻的體現出主、客觀交融的美感。此外，值得一提的是，視覺和聽覺在五種知覺中，獲取的信息量最大，與美的關係也最緊密，因此地位也最為重要，所以特稱為「高等感覺」或「美的感覺」，當然了，在文學作品中，從視覺、聽覺出發來描寫者，也是最常見的；不過，若是兩者作一比較，那麼畢竟還是視覺佔著最重要的地位（參考曹常青、謝文利《詩的技巧》、邱明正《審美心理學》）。

不過，對於知覺的運用，並非只有如此而已。心理學研究發現：人的知覺能夠互相轉化、移借、溝通，這種現象就是「通感」，我們在日常生活中一些常用的語彙，就是很好的例子，如「目擊」就是將視覺所見，改用觸覺加以摹寫，「熱鬧」、「冷靜」就是用溫度的熱與冷（膚覺），來加強聲音的鬧與靜（聽覺）……等，這些都體現了通感的道理。通感的表現，如果用修辭格來規範，那就是「移覺」修辭格，向宏業、唐仲揚、成偉均主編的《修辭通鑑》，對「移覺」修辭格的定義就是：用形象的語言，將一種感官移到另一種感官上。而且在詩篇中，通感更有特別的意義，因為心理學的發現證實：感官只能單一的感受事物較低的功能，而通感則具有昇華性的精神意義，能在刺激人的多種感官時體現藝術的更大力量。所以對於新詩的通感現象，是絕對不宜忽視的（參考曹常青、謝文利《詩的技巧》）。

因此，學生對於知覺的運用，就可分成兩個部份來掌握：「單一知覺」和「通感」，我們將依次來看學生是如何將感官所捕捉到的訊息，運用在新詩的創作中（底下所列的詩作，即是筆者任教大一通識課程「閱讀與寫作」時，指導學生創作出來的成果）。

一、單一知覺的運用

(一)單一知覺作造句用

長春藤一樣熱帶的情思（節選自鄭愁予〈水手刀〉）

作者用「長春藤一樣熱帶的」來形容「情思」，是因為熱帶的長春藤予人糾纏環繞、浪漫熱情的感受，所以那是以一個視覺意象，來表達心覺（即「情思」）。請你也發揮想像力，從任何知覺著眼皆可，來寫出一句「……的情思」，「……」中的字不可超過二十個。

學生習作：

棉花糖般綿綿密密的情思（語教一　柯佳慧）
濤濤浪花般的情思（英語一　蘇郁嵐）
綠蘋果般青澀的情思（語教一　陳晉賢）
萬綠纏繞打死結的情思（社教一　董秋意）
宛如洩了氣的皮球，身負重傷的情思（英語一　陳盈均）
玫瑰般燃燒的情思（初教一　程碧慧）
水蛇般鮮麗的情思（語教一　張柏瑜）

從學生的習作中看來，從視覺出發來掌握者，果真是最多的，譬如「萬綠纏繞打死結的情思」、「宛如洩了氣的皮球，身負重傷的情思」、「玫瑰般燃燒的情思」、「水蛇般鮮麗的情思」都是如此；屬於聽覺意象者有一：「濤濤浪花般的情思」；另外「棉花糖般綿綿密密的情思」、「綠蘋果般青澀的情思」則分屬觸覺、味覺。我們可以看到：各種知覺在表達心覺——情思上，果真是各擅勝場，各有引人注目之處。

(二)單一知覺作構篇用

視覺

〈月光〉 特教一 林嘉琦

如母親般
照亮了
蜷縮在黑暗角落的……
孤影……。

月光好溫柔啊！黑暗的角落裡，只有月光照亮了孤影。關於「月」的種種，「光」可說是最令人有感覺的，對於這個特點，當然是要用視覺來捕捉的。

〈喜悅〉 語教一 張柏瑜

海鷗

振
　翅
眼睫之上
夕陽
禮讚著我緋紅的雙頰
於是
波光中就盪漾著
粼粼的笑意

詩中出現了三個視覺意象：「海鷗／振翅／眼睫之上」、「夕陽／禮讚著我緋紅的雙頰」、「波光中就盪漾著／粼粼的笑意」，都是眼前即景，共同傳達了「喜悅」的感受。

〈紅〉　特教一　王怡蓁

夏至的九重葛
吐血
以資紀念

真是頑皮的一首詩。九重葛紅成這樣，難道是吐了血嗎？為什麼要吐血呢？原來是要紀念夏至呀！

聽覺

〈星〉　英語一　蘇郁嵐

聽　海浪
沉默
呼吸

「星」只能出現在一片墨黑之中，此時視覺無用武之地，因此星星聽見了「海浪／沉默／呼吸」。而且，有趣的是，既說「聽」，又言「沉默」，故意造成的矛盾，讓人感覺到那起伏的韻律，是寧靜而永恆的。

〈孤獨〉　語教一　張柏瑜

一段靜默
讓心裡的聲音

演出動人絕響

這首詩的趣味來自「無聲」與「有聲」的對照。外界彷彿是靜默無聲的，但是「心裡的聲音」，正「演出動人絕響」呢！

〈喜歡〉音教一　李金壼

電話裡
傳來你的聲音
如豎琴家靈巧的手指
撥動我的心弦

我心動了，被你的聲音撩動了。你的聲音長著手指嗎？

〈羞〉特教一　張偉恩

妳的聲音
在我臉上

溫柔地按了個巴掌

聽到妳的聲音，我的臉刷地紅了，難道是「妳的聲音／在我臉上／溫柔地按了個巴掌」嗎？

嗅覺

〈番薯〉 特教一 林嘉琦

所留下的…

只是

臭　　。

呃，要說對蕃薯的印象嘛！嗯，它「所留下的…／只是／臭　。」這樣講，算不算對蕃薯不禮貌呢？

觸覺

〈喜悅〉 語教一 陳韻帆

千萬的　千萬的
蟻
蟄伏
癢
癢
癢
癢
心癢癢的，好像有「千萬的 千萬的／蟻／蟄伏」，連搔都搔不著癢處。哎喲！人家是在
高興啦！

味覺

〈喜歡〉數學一　洪郁雯

吃著苦瓜
唾液分泌得跟
吃糖

一樣多

難過是「苦」的，那麼喜歡一定是「甜」的，而且甜死人不償命，你瞧瞧，居然「吃著苦瓜／唾液分泌得跟／吃糖／一樣多」。

聽覺與視覺

〈花〉　語教一　張柏瑜

噗哧一聲
臉龐
陡地成
春

詩篇一開始，是從聽覺寫起：「噗哧一聲」，好動聽的脆生生的笑聲，馬上令人興起美好的期待；果然，接著就是從視覺來加以描摹：「臉龐／陡地成／春」，所謂「笑逐顏開」，大概也不過如此吧！尤其「春」獨立成一行，更讓人感覺到花朵的容顏，是說不盡的嬌媚旖旎。

視覺與嗅覺

〈喜歡〉　美教一　黃華君

花朵開滿四周
我們划著船
在四溢的花香裡
在我專注的眼裡
鼻裡嗅著花香，眼中倒映出你，這就是喜歡……

二、通感

〈玫瑰花香〉　數學一　張家璇

玫瑰的唇
吻上了我

玫瑰花香如此迷人，好像放送著吻。平常我們說「香吻」，用「香」來形容吻在臉上的甜美觸感；這裡卻顛倒過來，用「吻」來形容香的馥郁芳馨，那是玫瑰的香啊！

〈玫瑰花香〉 特教一 王怡蓁

你的顏色
甜美
我將你
嵌入
泡泡裡

玫瑰香是有「顏色」的，那個顏色是「甜美」，屬於視覺的「顏色」和屬於味覺的「甜美」，在此微妙的統一起來了，共同訴說著玫瑰香（嗅覺）。這香味無法擁有，就像泡泡般一觸即滅，唯一確定的，就是它確曾存在過。

〈玫瑰花香〉 特教一 廖梅秀

紅玫瑰的香味

紫玫瑰的香味
白玫瑰的香味
黃玫瑰的香味
滿園子玫瑰香
我猛然瞥見

萬紫千紅的玫瑰噴放著香，那香味彷彿是有著形體的，所以「我猛然瞥見」那個香味在說：「我好香」。

〈玫瑰花香〉 數學一 洪郁雯

喝著濃濃的鮮乳
源源不絕
不絕

濃濃的鮮乳多香醇啊！那是玫瑰花香，讓我好像喝著濃濃的不絕的鮮乳。

〈玫瑰花香〉 自教一 廖郡婉

微笑著
撫上情人的鼻端
炸出一片熾灼

我愛你，我要微笑地愛撫你的鼻，在你的鼻端上撒下熱烘烘的感覺。我是誰？我是玫瑰香呀！

〈玫瑰花香〉　音教一　李金憙

陣陣　陣陣
傳來火紅多刺的香
三月
我們默默

「香」有著火紅的顏色，當它飄拂而過，就捎來多刺的感受。視覺與觸覺的美妙搭配，傳達了嗅覺的至高享受，多麼濃郁啊！像春藥般的香。

知覺嘉年華

談新詩習作中知覺的運用

這世界美妙非常，若是失去知覺就無從領略。知覺讓生命繽紛且豐美，光與熱、聲與香……，在我們心中激起一波波的迴響。我們慶幸身體的存在，那是知覺的載體，領著我們去追逐極致的感官享受，愉悅就炸裂在每一個細胞上，並且莊嚴地詠嘆道：生命，是一場知覺的嘉年華。

意象大搜尋

談新詩習作中意象的鍛鍊

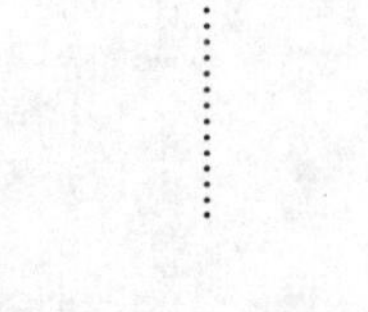

因為文學作品主要運用形象思維，所以將抽象的「意」，藉著具體的「象」表達出來，使欣賞者得以領略，這就是我們所說的「意象」。值得注意的是，「象」的範圍不僅限於客觀景物而已，人間萬事也可以寄託情理，成為「意象」。

為了要以「形象」準確地傳達「意念」，因此作者會在詩篇中苦心鎔鑄出最為適切的「意象」，來表情達意。這種搜尋意象、鍛鍊意象的能力，是所有文學創作者所必備的；基於這個理由，所以，就新詩的寫作來說，如何搜尋到恰當、新穎的意象，可說是一門很重要的「基本功」。

當然，在自己開始去搜尋意象前，先欣賞名家的作品，觀察他們如何鎔鑄意象，是一個很重要的準備功課，從中可以學習到很多。底下所引的兩首詩中，渡也〈懺悔〉和瘂弦〈寂寞〉，在意象的營造方面，都有獨到之處；而且前者以「景」為象，後者以「事」為象：

〈懺悔〉 渡也

她走了

整個早晨

候車室空著的椅子都是我

揮手時的眼神

其結構分析表如下：

因：「她走了」

果：「整個早晨」三行

「她走了」，我好後悔。整個早晨，我的眼神空洞，就像「候車室空著的椅子」。

作者以「候車室空著的椅子」，來譬擬自己的眼神，一方面切合送別的地點，再方面也確實能傳達出那種空虛無神的感覺。所以作者從「眼前景」中選取貼切的意象，不費力地訴說了「懺悔」。

〈寂寞〉　瘂弦

一隊隊的書籍們
從書齋裡跳出來
抖一抖身上的灰塵
自己吟哦給自己聽起來了

其結構分析表如下：

先：「一隊隊的書籍們」二行
後：「抖一抖身上的灰塵」二行

書籍原本應該是躺在書齋裡，等著主人來選取；書籍原本應該是常常被人翻閱，翻得連紙角都捲起來了。

可是根本不是。主人很久沒來書齋了，所以「一隊隊的書籍們」，只好「從書齋裡跳出來」，自得其樂一番；而且根本沒有人來閱讀他們，因此書籍乾脆「抖一抖身上的灰塵」，然後「自己吟哦給自己聽起來了」。

唉呀呀！這是什麼感覺呢？這就是寂寞呀！

底下就是一些學生的作品，均為筆者所指導的大一通識課程：「閱讀與寫作」之課堂習作，其中以「景」為象者如下：

〈喜歡〉　心輔一　簡心慧

一張合照
跳出來
傻笑

那張笑咪咪的合照在我心中是何等鮮活呀！所以感覺上它是在我眼前「跳出來」的。這就是喜歡呀！

〈躲〉　特教一　施伊珍

奴僕影子
尊敬主人的方式

想知道什麼是「躲」嗎？看看影子就知道了，它總是「躲」在物體的背後，好像它是僕人，所以總是謙卑地往後退。會不會有點委屈呢？

〈躲〉　自然一　蔡欣翰

是與非的掙扎
一條荊棘坎坷的路
夜黑
扁蝠在空中盤旋

面對「是與非的掙扎」，實在徬徨極了，如何是好呢？所以作者選取了一個景，來象徵著自己的掙扎：「一條荊棘坎坷的路／夜黑／扁蝠在空中盤旋」，那種幽魅詭譎、隱伏危機的景象，不就呼應著作者惴惴不安的心境嗎？作者該怎麼辦呢？似乎只好「躲」了！

〈躲〉　心輔一　簡心慧

頭埋在砂礫裡
尾巴仍在外
守衛

誰最有資格詮釋「躲」呢？毫無疑問，那一定是鴕鳥了。那種一頭栽進砂礫裡，只有屁股翹得半天高的景象，實在叫人發噱。嗨！要躲好一點喔！

〈羞〉　特教一　賴薇安

躲在牆後
滿臉通紅的
小女孩

那滿臉通紅的可愛小女孩，為什麼總是躲在牆後呢？那是因為「羞」呀！

〈渴望〉　英語一　陳盈均

鞦韆向天空
索求飛翔

鞦韆向天空高高地盪過去，高得好像快飛起來了！可是，就在起飛的瞬間，又無力地墜回地面。所以，鞦韆對於飛翔的感覺，就是「渴望」。

另外以「事」為象者如下：

〈邂逅〉　林怡瑄

擦肩
而過
已養一條蛇在心中

相遇時的悸動，那是一種什麼樣的感覺呢？作者先敘述事情的起因：「擦肩／而過」；然而，這麼偶然的一個擦肩，卻讓作者的心情起了波動，好像「養一條蛇在心中」。「已養一條蛇在心中」，說得實在太妙了。這個意象十分奇詭，而且極富動感，它以一種不尋常的方式，說盡了我們人人都體會過、卻苦於無法恰切表達的——心動的感覺。

〈喜歡〉　數學一　許裕晟

把你的身影
快取下來
卻發現
所有的記憶體

被你霸佔不放

「電腦」是現代學生必不可少的工具，因此作者自然而然地從操作電腦的過程中，產生了靈感。所以，什麼是喜歡呢？那就是想「把你的身影／快取下來」，但是「卻發現／所有的記憶體／被你霸佔著不放」，原來妳早就是刪不去、拿不走，完完全全佔滿了我的心頭。

〈躲〉　美教一　楊宜楓

守候住一片黑夜
不讓白天
奪走

只要我「守候住一片黑夜」，能夠「不讓白天／奪走」，那麼，我就一定可以「躲」得很好。但是，黑夜可以一直不走嗎？或者說，黑夜應該一直不走嗎？能夠躲到幾時呢？

〈線上人數：2〉　數學一　許裕晟

把整個夜空的寂寞

倒進世界盡頭

我非我
與另一個流竄的地址
交換溫度……

時間：深夜，線上人數：2，我在做什麼呢？「我非我／與另一個流竄的地址／交換溫度……」。可是，冰冷的電腦螢幕，是沒有溫度的……

〈喜歡〉　美教一　楊宜楓

你來了
全世界的人消失了
只剩下我　駐足停留

因為「你來了」，所以「全世界的人消失了／只剩下我　駐足停留」，這世界如此廣大，卻彷彿只剩下我和你，其他的，都不重要了。

透過「心靈之眼」的觀照，那些普普通通的事事物物，彷彿都散發著神奇的光彩，好像只要用手指指一指，它們就會張開口說起話來了！不過，如果希望它所說的話是別人尚未說、或是很少說的，那麼，最好的辦法就是尋找一些別人尚未發現的事物，讓它們來替你說話。而且，你會發現，它們可是很會說話的喲！

填空遊戲

談一種新詩習作的訓練方式

詩是美的，而愛美又是人的天性，所以我們可以理所當然地推想道：只要經過適當的引導，每個人都會打從心底喜歡詩。

喜歡讀詩，當然更會喜歡創作詩。因為前者仍是以被動的接受為主（當然「欣賞」本身也是一種再創造），而創作是一種更大的愉快，想想看！那奇異的美就從我的指尖流洩出來了……，我的心、我的靈，甚至我的身體，都在歡愉的歌唱……。還有比這更美好的享受嗎？所以，每個人都會酷愛寫詩的。

不過，在剛開始嘗試詩的創作時，因為這是前所未有的「空前」嘗試，所以「心」連接「手」的路徑還未打通，因此難免會有筆尖枯澀的困窘，彷彿心頭有千言萬語，但是就是不知從何說起。所以，在「獨立創作」之前，先來玩個「填空遊戲」，應該是蠻不錯的吧！

底下幾個習作的設計方式，就是挑選合適的詩篇，在適當的部分空下來，然後讓學生試著去填寫他們認為最出色的詩句。而其下所列的學生作品，均為筆者所指導的大一通識課程：「閱讀與寫作」之課堂習作：

㈠

請在下列詩篇的空格中，填入你覺得最適當、最出色的詩句。

〈門〉　蔣勳

開，或者關
都可以
有時候是阻擋
有時候是歡迎
進，或者出
都可以

它真正的意思
只是（　　　　）

學生習作：
創造出另一空間（英語一　蘇郁嵐）
在有無間看盡一切（語教一　陳韻帆）
聯繫陌生的彼此（語教一　陳晉賢）
通向另一扇門（社教一　陳孟君）
通往尋夢谷的一道關卡（英語一　陳盈均）
脆弱地區隔（初教一　張芳琪）
內與外的媒介（英語一　江翊伶）
心中預設的挑戰（初教一　程碧慧）

原作的句子是「通過」，顯然作者認為「開」或是「關」、「阻擋」或是「歡迎」、「進」或是「出」，都只是別人所賦予的意義，但是對「門」來說，全部都只是中性的、沒有絲毫他念的「通過」而已，而且，這不就是「門」的本分嗎？這麼一想，詩中深意也就能夠為我們所領略了。

至於學生，則有許多不同的想法。比較能符合原詩對「門」的中性詮釋的，有「創造出另一空間」、「脆弱地區隔」、「內與外的媒介」，這幾個句子傳達的意念都是：不管「開」或是「關」、「阻擋」或是「歡迎」、「進」或是「出」，都不過是換著不同的說法而已，其實追根究底，那只是空間的轉換罷了。另外，有同學意欲掌握門「兩面」的特質，所以寫出這樣的句子：「在有無間看盡一切」、「聯繫陌生的彼此」；還有同學著眼於未來，把「門」當作一道關卡，所以會寫出「通向另一扇門」、「通往尋夢谷的一道關卡」、「心中預設的挑戰」。

(二)

請在下列詩篇的空格中，填入你覺得最適當、最出色的詩句。

〈愛與死的間隙〉 白靈

未被蝴蝶招惹過的花

（　　　　　）

學生習作：

不曾讓尖塔刺穿的天空
（　　）
沒經暴風愛撫過的雲
（　　）
而遭思念長吻住的愛啊
一分鐘竟比一個峽谷寬
有誰能搭起一座橋
在這一分鐘與下一分鐘之間
或者就跳下那相隔的間隙吧
看能不能逃脫，自她雙唇夾住的世界……

第一句：

嚐不到結果的滋味（英語一　杜秋霞）
不能釀出甜美的蜜（英語一　江翊伶）
聞不到臉紅的香（語教一　陳晉賢）

原詩為「難知何謂誘惑」，前一句的「招惹」，和這一句中的「誘惑」，搭配得很好。而學生則從蝴蝶散佈花粉來發想，因而寫出「嚐不到結果的滋味」、「不能釀出甜美的蜜」兩句；甚至還有學生應用了「通感」的原理，寫道：「聞不到臉紅的香」，「香」用「臉紅」來形容，真是極具誘惑力。

第二句：

無法讓雲撫平傷口（英語一　杜秋霞）
無法參透悱惻的悸動（英語一　陳盈均）
探不透它的深遠（社教一　陳嬿淇）

原詩為「如何領會什麼是高聳」，因為尖塔能夠予人「刺穿天空」的感受，那必然是因為十分高聳。有學生造出類似想法的句子：「探不透它的深遠」；另有學生從「刺穿」兩字，想到傷口，並且想到天空中漂浮的雲，因而寫道：「無法讓雲撫平傷口」；還有學生認為天空和尖塔是在談戀愛，認為沒有在愛情中受過傷，那是「無法參透悱惻的悸動」的。

第三句：

體會不到遊子的心酸（英語一　杜秋霞）
明亮的天難以露臉（初教一　程碧慧）
不能形成美麗的圖案（英語一　江翊伶）
不見太陽的嫵媚（英語一　吳佳潔）

原詩為「豈易明白何為千變何為萬化」，作者是捕捉雲被暴風吹拂的姿態，因而寫出這樣的詩句。有的學生寫的是：「不能形成美麗的圖案」，與原詩構想的方向相當接近；也有學生從風雨之後必有藍天想起，因而寫道：「明亮的天難以露臉」、「不見太陽的嫵媚」；還有學生想到「浮雲遊子意」，所以認為：「體會不到遊子的心酸」。

(三) 請在下列詩篇的空格中，填入你覺得最適當、最出色的詩句。

〈絕版〉 許悔之

你我相遇於風中
彼此用手掌
小心翼翼地將這段相逢
呵護成（　　）
早在遙遠的三千年前
便寫入蒹葭的傳說裡

如今
風翻開的每一頁
都不可圈點
是孤本，且永遠絕版

學生習作：

花（進修部　龔怡方）
日記（特教一　張偉恩）
永恆（自然一　林怡萱）
一頁藏寶圖（數學一　陳嫵婷）
一闋樂章（數學一　洪郁雯）
竹簡上的回憶（自然一　廖郡婉）
一句詩（特教一　余典翰）
蒲公英的夢（心輔一　簡心慧）
一枚硃砂印（數學一　許裕晟）
一滴藍色弱水（特教一　王怡蓁）

原詩的詩句是「唯一的序」，因為詩中把這段戀情比喻成一本書，那麼他們的初遇，當然就是「唯一的序」了！因為「序」是一本書的開始，就像風中的相逢，是他們戀情的開始。有些學生也感覺到作者以「書」喻戀情，因此寫道：「日記」、「竹簡上的回憶」、「一枚硃砂印」；但是更多從戀愛的甜美與夢幻著眼，認為這段相逢像「花」、「一闋樂章」、「一句詩」、「蒲公英的夢」；也有人認為愛情是珍貴的，所以像「一頁藏寶圖」；有人則說是「一滴藍色弱水」，顯然是用了「弱水三千，只取一瓢飲」的典故；還有同學則言簡意賅地寫了「永恆」二字，顯然是認為片刻即永恆。

(四)

請在下列詩篇的空格中，填入你覺得最適當、最出色的詩句。

〈煤的對話〉 艾青

你住在哪裡？

我住在萬年的深山裡
我住在萬年的岩石裡

你的年紀——

我的年紀比山的更大
比岩石的更大

你從什麼時候沉默的？

從恐龍統治了森林的年代
從地殼第一次震動的年代
你已死在過深的怨憤裡了麼？
（　　　）

學生習作：

不！我只是沉睡在岩石的懷中罷了（特教一　廖梅秀）

不！我已在火紅中崛起（自然一　蔡欣翰）

我將活在躍動的火（體育一　廖志宏）

怨憤
也被歲月消蝕（特教一　張偉恩）
不！我一直在等待復活的日子（美教一　林怡瑄）
不！我正醞釀著
澎湃的燦爛（數學一　洪郁雯）
怨憤已醞釀在我懷裡（自然一　廖郡婉）
我的怨憤將死在火花裡（自然一　林怡萱）
不！我是活在宇宙的永恆中（音教一　葉淑文）
我卻死於熊熊妒火之中（數學一　許裕晟）
我活在每個悸動的光芒中（體育一　蔡宜君）
死？
抑或是伺機而動？（特教一　施伊珍）

原詩為「死？不，不，我還活著——／請給我以火，給我以火！」此詩作者藉著一問一答的方式，將「煤」擬人化。一開始，圈定空間、時間來發問，因此帶出煤的住所與年紀，而且在回答之中，即隱約的讓人感覺煤的蘊蓄深厚悠遠；後面的部分，先從反面說古遠之前埋入地下的、彷如死亡的「沉默」，實則是為了烘托出最末的被火點燃的、「活著」的巨大生命力，因此結尾的一行「請給我以火，給我以火！」實在具有畫龍點睛的萬鈞之力，令人嘆賞再三。

許多學生也敏銳地嗅到了詩篇所給予的訊息，所以從「煤會被火點燃」這個特性上去想，因而寫出「不！我已在火紅中崛起。」、「我將活在躍動的火」、「不！我一直在等待復活的日子」、「不！我正醞釀著／澎湃的燦爛」、「我的怨憤將死在火花裡」、「我卻死於熊熊妒火之中」、「死？／抑或是伺機而動？」這樣的詩句。也有人認為沉默不是死亡，而是沉睡，那是另一種「活」，所以造出這樣的句子：「不！我只是沉睡在岩石的懷中罷了」、「不！我是活在宇宙的永恆中」。有人則從「怨憤」去想，所以寫道：「怨憤／也被歲月消蝕」、「怨憤已醞釀在我懷裡」。

㈤

請在下列詩篇的空格中，填入你覺得最適當、最出色的詩句。

〈問〉　洛夫

在橋上

獨自向流水撒著花瓣
一條游魚躍了起來
在空中
只逗留三分之一秒
（　　　）

學生習作：

嘿！你的名字是幸福嗎？（語教一　陳韻帆）

魚啊
是個愛漂亮的小女生嗎？（語教一　柯佳慧）

攪亂一池春水的
是你？（語教一　許馨云）

此外，在擔任花蓮縣「教學創新九年一貫課程九十一學年度擔任七年級本國語文領域教師課程計畫編寫工作坊」的講座時，也曾經請學員們針對此詩來「填空」，他們創作的詩句如下：

騰動翻轉
沒入水底
落花飄流
那落花 兀自漂流（國風國中 劉素芬）
交錯了疑惑的眼神，
便逐了花瓣去糾纏！（國風國中 華幼芬）
花瓣兀自漂流
遙不可及的遠方（美崙國中 陳碧綢）
便奪得了滿懷
馨香（美崙國中 陳碧綢）
啊！（自強國中 李宜芳）
再重重擊落
無聲浮沉的漣漪（慈大附中 薛如吟）
試問
漣漪的紋啊
龍門何處？（花崗國中 陳以名）

就沉入煙霧迷濛的
深淵（瑞穗國中　向政楠）
群樹於是譁然起來（國風國中　沈明珠）
便游入天光雲影中（國風國中　沈明珠）
一瞥的風光
夠你半日的回憶？（新城國中　林笑春）
此刻，水底荇草款擺
一如妳往昔的溫柔（無名氏）

原詩的詩句為：「這時／你在那裡？」所以從前面的「獨自向流水撒著花瓣」，再扣到游魚躍起的短暫一刻，終於逼出著麼一個問題，而深深的眷愛關注已自然流露。

大多數的填空詩句也都注意到題目〈問〉所留下的線索，因此會以問句的形態出現，不過關注的重點各各不同。著重在心情抒發的，會寫道：「嘿！你的名字是幸福嗎？」、「攪亂一池春水的／是你？」、「試問／漣漪的紋啊／龍門何處？」也有人回扣前面的「花瓣」，並且「以景結情」，留下餘味：「騰動翻轉／沒入水底／落花飄流／那落花　兀自漂流」、「交錯了疑惑的眼神，／便逐了花瓣去糾纏！」「花瓣兀自漂流／遙不可及的遠方」；也有人將眼光調向別的景物，將它納入詩篇：「再重重擊落／無聲浮沉的漣漪」、「群樹於是譁然起來」、「此刻，水底荇草款擺／一如妳往昔的溫柔」；而「魚」的下落如何，也值得著墨，因此有人寫道：「魚啊／是個愛漂亮的小女生嗎？」、「便奪得了滿懷／馨香」、「就沉入煙霧迷濛的／深淵」、「便游入天光雲影中」、「一瞥的風光／夠你半日的回憶？」還有一位老師很可愛，乾脆就說：「啊！」

玩「填空遊戲」的時候，其實是蠻有趣的，大家絞盡腦汁地想答案，然後就等著寫到黑板上，與同學們一起分享；不過，最期待的，還是老師公佈原詩的那一刻，通常大家都是「唉」的一聲，不得不承認人家畢竟是詩人，寫得就是比自己好。那又有什麼辦法呢？只好多玩點「填空遊戲」，希望「功力大進」囉！

模仿大師・非我莫屬

談新詩的仿寫

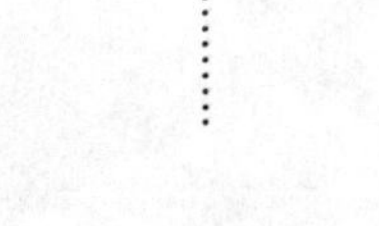

「仿寫」是近年來頗受注意的一種寫作命題方式，根據范曉雯、郭美美、陳智弘、黃金玉等人合著的《新型作文瞭望台》所言：「仿寫是根據所提供的範文或一段文字，依照提示，分析掌握材料特色，寫成相似且具有某些新意的篇章。」仿寫一般可以分成內容的仿寫、形式的仿寫，以及綜合的仿寫，而且用來當作範例的文字總要在形式或內容上有明確特色，讓人能具體掌握的才適合；特別需要注意的是：仿寫時最重要的是依據所要求的重點來模仿寫作，而非字模句擬，這樣才能收到學習之效。因為這種寫作方式可以幫助學生練習寫作時的各種技巧，為獨立構思文章打下良好的基礎，所以很適合初學者使用。

散文寫作是如此，新詩創作又何嘗不是呢？在訓練學生寫作新詩時，「仿寫」也是一個很便利的方法。因為初初嘗試創作新詩的學生，最感苦惱的便是不知如何將句子「詩化」，此時，「模仿」就是一條捷徑了；而且有了模仿的經驗之後，獨立創作便是一件比較可以期待的事了。

在進行「新詩仿寫」的教學活動時，教師可以提供幾首適當的詩篇，作為模仿的對象，規定仿寫的方向之後，便在課堂上當場練習創作；也可以當作假期作業，讓學生自由選取所欲仿寫的詩篇，自由決定仿寫的方式，以完成仿寫詩作。筆者在教授大一通識課程「閱讀與寫作」時，即採用了第二種方式，底下即是學生的仿寫成果：

(一)

〈棲留〉 朱沉冬

我不追思一縷夢底失落
靜觀著窗外的一片落葉向我飄來
寒冷的風，苦澀的雨，凍結的日子
我願棲留在這痛苦的地方

樹葉疲倦的睡了
我在歌唱
幻滅的星已垂沉

這時候！宇宙開始黎明，時間與愛永在

社教一陳嬿淇的仿寫詩作：

我不【夢思】一縷【心】底失落
【冷眼看著窗外一朵殘花】向我飄來
【孤零的樹，枯黃的葉，膠著的日子】
我願棲留在這【陰暗】的地方
【花疲倦的休眠】
我在歌唱
【暈黃的月已沉睡】
這時候！【渾沌開始分明，希望與夢永在】

陳嬿淇的這首仿作，採用了與原詩類似，但是並不相同的辭彙、意象，成功地延續了原作的情調，而且最末二句「渾沌開始分明，希望與夢永在」更是出色。全詩沒有刻意模仿的痕跡，頗具情味。

㈡

〈花與果實〉　楊喚

花是無聲的音樂，
果實是最動人的書籍，
當他們在春天演奏，秋天出版，
我的日子被時計的齒輪
給無情的囓咬、絞傷；
庭中便飛散著我的心的碎片，
階下就響起我的一片嘆息。

語教一張柏瑜的仿寫詩作：

花是【無象的戲劇】
果實是【無字的珍本】

當他們在春天【揭幕】，秋天【付梓】
【髮帶掙脫了我的白髮】
庭中【便低語著心碎的聲音】
階下【就盈滿了一汪歎息】

張柏瑜的仿寫詩作中，前面既說「花是無象的戲劇／果實是無字的珍本」，接著的兩句就是「當他們在春天揭幕，秋天付梓」，很顯然的，「揭幕」和「付梓」，分別是根據「無象的戲劇」及「無字的珍本」而來。而且原詩以「我的日子被時計的齒輪／給無情的嚙咬、絞傷；」來表現對於時間流逝的感傷，但仿作中則是寫成「髮帶掙脫了我的白髮」，頗見新意。最末二句也結得好，很能帶出惆悵的情調。所以整體說來，是相當不錯的仿寫作品。

㈢

〈雕刻家〉紀弦

煩憂是一不可見的
天才的雕刻家
每個黃昏，他來了

他用一柄無形的鑿子
把我的額紋鑿得更深一些
又給添上了許多新的
於是我日漸老去
而他的藝術品日漸完成

語教一許馨云的仿寫詩作：

【苦悶是一日夜趕工的
狡猾的建築師】
每個【夜晚】，他來了
他用【削尖的2B鉛筆
把我臉上的輪廓繪得立體些】
又給【描上了許多細小紋路】
於是我【容顏日漸憔悴】
而他的【設計圖】日漸完成

紀弦〈雕刻家〉一詩，是將「煩憂」比喻為「不可見的／天才的雕刻家」，而許馨云的仿作，則是把「苦悶」比成「日夜趕工的／狡猾的建築師」，兩首詩都是從此出發，再敷演成全篇。許馨云的仿作雖是亦步亦趨，但是同中有異，可以見出作者力求表現、自出新意，也是令人欣賞。

(四)

〈花崗掇拾之五〉　覃子豪

濃墨色的夜把金色的黃昏染黑，
黑亮亮的礁石發出激越的潮聲。
繁星像海灘上的沙粒一樣多，
有的發亮，有的在最深遠的太空隱沒。
我被隱沒在濃墨色的夜裡，
是天文學家不曾發現的一顆星。

社教一陳孟君的仿寫詩作：

濃墨色的夜把金色的黃昏染黑，
黑亮亮的礁石發出激越的潮聲。
繁星像【情人的眼】，
有的發亮，有的在最深遠的太空隱沒。
我被隱沒在濃墨色的夜裡，
是天文學家不曾發現的一顆星，
【只想問有誰撿到我的淚？】

陳孟君的仿作改動的幅度不大，但是呼應得很好。前面把「繁星」改喻成「情人的眼」，最末就加上一句：「只想問有誰撿到我的淚？」很能醞釀出深稠的情感。

(五)

〈鷹〉　羅智成

鷹的棲所是神秘的
峰頂崇樹似乎是
但牠心中還有個更高的地址

在強風裡頭

鷹的心思是神祕的
荒山急流似乎是
但在翼的兩面還同時惦掛著
黑夜與白晝

迎向旭陽
以耀目的光芒剔淨眼垢
背倚烈日
俯顧自己放大在地面的陰影

有時豁張兩臂
僵持青天一角
抵抗地心引力
像尊永不下墜的神像

英語一陳盈均的仿寫詩作：

鷹的【瞳孔】是神祕的
【沉默忖思】似乎是
【但在眼眸的深處透露出卓越不凡】

迎向旭陽
以耀目的光芒【淬鍊心志】
背倚烈日
【展現英姿於蒼穹間】

有時
【磐立懸崖　凝視遠方】
像尊永不下墜的神像

羅智成〈鷹〉共有四節，陳盈均的仿寫詩作則只有三節，可見得仿作者能夠適應自己的情況，作機動的調節。而且原詩一開始著眼於鷹的「棲所」、「心思」來描繪，是不錯的切入點，而仿作則是將關注點轉至鷹的「瞳孔」，可見得陳盈均也頗能選取良好的切入點，以彰顯鷹的神采。而且最後「磐立懸崖　凝視遠方」也是相當不錯的句子，那孤獨而莊嚴的形象，真的「像尊永不下墜的神像」。

㈥

〈伴侶〉　席慕蓉

你是那疾馳的箭
我就是你那翎旁的風聲
你是那負傷的鷹
我就是那撫慰你的月光
你是那昂然的松
我就是那纏綿的藤蘿
願
天

長
地
久
你永是我的伴侶
我是你生生世世
溫柔的妻

初教一張芳琪的仿寫詩作：

你是那【不停歇的勇士】
我就是你那【胸前的勳章】
你是那【休息的旅客】
我就是【為你擋去烈日的樹】
你是那【巍峨的山】
我就是【終日環繞你的雲霧】
願

天　長　地　久
你永是我的伴侶
我是你生生世世
溫柔的妻

席慕蓉的原作中，一開始就用了三個比喻，來說明伴侶之間親愛親密的關係，吸引住讀者的注意。因此張芳琪仿寫這首詩時，就另外選用了三個頗為適切的比喻，一方面可看出對原作者的學習，再方面也表現出自己的文采，這正是仿寫詩作的價值所在。

從學生的仿寫成果中，我們可以發現：學生所選取的模仿對象，都是涵義較為明白的詩篇，因此就比較不會有無法掌握的困擾。此外學生多會挑選動詞、形容詞、名詞來進行改造，以羅智成〈鷹〉為例，原詩是「僵持青天一角／抵抗地心引力」，陳盈均就寫成「磐立懸崖　凝視遠方」。還有關鍵句以及譬喻句，往往是仿寫時最能展現創意的部分，因此通常也是最精采的，前者如朱沉冬〈棲留〉中的末句：「宇宙開始黎明，時間與愛永在」，陳嫵琪就仿寫為「渾沌開始分明，希望與夢永在」；後者如許馨云以「苦悶是一日夜趕工的／狡猾的建築師」，取代了紀弦〈雕刻家〉中的「煩憂是一不可見的／天才的雕刻家」。而且學生在仿寫時也都會注意到前後的呼應，張柏瑜的仿寫詩就是一個很好的例子。

總的說來，在個人創意的部分，仿寫詩作的表現空間當然是受限的，但是就是因為已經有了原作的規範，所以仿寫時就比較不會「踰矩」，因此仿寫詩作比較容易擺開浮濫、冗贅的毛病，也就是說，會「比較像詩」，揆諸學生的仿寫成果，這一點應該是可信的。而且前面所提及的學生仿寫詩作的幾個特點，也可以提供給教師們進行新詩仿寫練習時的參考，因為這些都是可以提示給學生的仿寫重點。

在剛開始練習創作新詩時，學生通常是充滿期待，但是也隱隱有些害怕；因此如果教師們樂於採用這種仿寫的方式，來引領學生向詩國邁步，那麼學生也許就會因為跨出「成功的第一步」，而對自己充滿了信心呢！那麼，這不就是新詩教學中，非常令人快樂的一件事嗎？

舊瓶裝新酒

談新詩的改寫

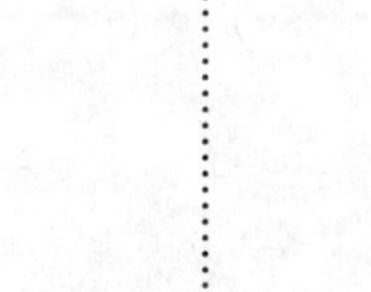

在新式作文中有所謂的「改寫式」，那就是提供一篇文章，讓學生改變其形式或某些內容，以寫成與原作關係密切而又互不相同之作的一種命題方式。在形式方面，可以要求改變體裁（如將詩歌改寫成散文、記敘文改為論說文）、作法（如順敘改為追敘）……等；在內容方面，可以要求改變主題思想、中心人物、故事情節的線索……等。改寫是一種再創造，因此要認真閱讀原作，並思考改寫要求，才能寫出一篇精采的改寫文章。

同樣的寫作訓練方式，也可以應用在新詩的創作上。在進行「新詩改寫」的教學活動時，教師可以提供幾首適當的詩篇，作為模仿、改造的對象，規定改寫的方向之後，便在課堂上當場練習創作；也可以當作假期作業，讓學生自由選取所欲改寫的詩篇，自由決定改寫的方式，以完成改寫詩作。筆者在教授大一通識課程「閱讀與寫作」時，即採用了第二種方式，底下即是學生的改寫成果：

㈠

〈終站〉 周鼎

寂然
解脫於最後的喘息
以一種睡姿
以一種美
以遺忘

〈起點〉 英語一 蘇郁嵐

希望
開始於新生的喜悅
以一種活力

以一種歡愉
以出發

周鼎〈終站〉暗寓人生旅程的終點，但是擺脫了人們面對死亡時，所慣常會產生的恐懼與絕望，反而將這「終站」描寫得舒緩而安祥，仿如甜美安穩、全然放鬆的永恆睡眠，以此傳達了作者對生命獨特而深刻的觀照。而蘇郁嵐以十八歲的韶華之齡，自然不會有如此的體會，因此就很自然的將〈終站〉改寫為〈起點〉，並且用「希望」、「新生的喜悅」、「活力」、「出發」等詞彙，表達心中蓬蓬勃勃的盎然生意，充滿了明朗歡快的青春氣息。

蘇郁嵐〈起點〉與原作周鼎〈終站〉比較起來，當然是顯得青澀顯露，不如原詩有耐人尋味的綿綿後勁，但是也充分展露年輕的姿采，可算是相當不錯的改寫詩作。

(二)

〈畫中的霧季〉　張健

我在你的影子裡悄悄的簽個名
就成了一幅畫

掛在我左邊的心室裡
每當教堂的鐘聲響起
壁上便傳出你的吟哦
好像說：多悠長的一日呵

我走入畫裡
為你默念哲人的話語
縷縷微笑溢出
五月遂成了霧季……

〈給花蓮的一首詩〉

自然一　蔡欣翰

我悄悄的走來
畫下一道虹
就成了一座橋
放在北方的山林裡

每當海風拂過耳際
七個對妳的回憶
就成了發光的小精靈
盪在海邊

我走過橋
為妳獻上白色的祝福
神秘的流水緩緩洩出
妳遂成了夢境

張健〈畫中的霧季〉是一首優美的情詩，全詩都在虛處盤旋，營造出極為迷離、豐美的詩境。一開始，作者寫自己簽名於影，彷彿收藏了所有的記憶，成為人生中永恆的畫面。此時，教堂的鐘聲響起，壁（即心室）上的畫在吟哦，那是「你」在低吟；而「我」也走入畫裡，為你吟詩。在如此的交流中，遂發出會心的微笑，而焦躁的五月，也成了清涼朦朧的霧季了。

蔡欣翰則將這種眷愛的心情，轉移到身之所在的花蓮，因此寫成了〈給花蓮的一首詩〉。詩的第一節寫虹化為橋，那是嵌入了花蓮的名勝——長虹橋（離北回歸線標相當近），第二節說到海邊有七個發光的小精靈，應是指花蓮的另一處風景勝地——七星潭海景，第三節則將前兩節綰合起來，並描述花蓮的優美安恬，宛如夢境。

張健〈畫中的霧季〉呢呢喃喃，所歌詠的對象是人，而蔡欣翰〈給花蓮的一首詩〉則是極力的頌讚花蓮之美。改寫的作品固然不及原詩的優美雋永，但是從改寫是一種「再創造」的角度來看，那麼蔡欣翰〈給花蓮的一首詩〉應該算是一首成功的作品。

(三)

〈狼之獨步〉　紀弦

我乃曠野裡獨來獨往的一匹狼。
不是先知，沒有半個字的嘆息。
而恆以數聲淒厲已極之長嚎
搖撼彼空無一物之天地，
使天地戰慄如同發了瘧疾；
並颳起涼風颯颯的，颯颯颯颯的：

這就是一種過癮。

〈我〉　音教一　李金憙

我乃宇宙中的一粒沙
飄渺虛無
在狂風中吶喊
　暴雨中嘶吼
用盡所有力氣
奮力一搏
那激戰如雷轟電閃
而我終究是我
只不過
滿身戰痕

〈狼之獨步〉一開始，作者就凜然宣示：「我乃曠野裡獨來獨往的一匹狼」，曠野如此遼闊，而狼獨來獨往，剽悍之姿，可說是躍然紙上，以此深深的描繪出狼的傲岸與孤獨。接著作者選取了狼長嚎的姿態，痛快淋漓的摹繪出出狼的狂野與力量，那就是「而恆以數聲淒厲已極之長嚎／搖撼彼空無一物之天地」，天地如此巨大，但在狼的眼中看來，卻是空無一物，而這巨大的空無一物的天地，輕易的被狼的淒厲長嚎所搖撼了；不只如此，還「使天地戰慄如同發了瘧疾；／並颳起涼風颯颯的，颯颯颯颯的」，狼無與倫比、睥睨一切的氣魄，令人心弦也為之震顫。而這些，作者只用了乾淨俐落的一句話來收束：「這就是一種過癮」，真是酷到極點。

至於李金憙的〈我〉則是「反其道而行」，她將自己比喻成「宇宙中的一粒沙」，一粒微小的沙，是多麼的不起眼，簡直到了「飄渺虛無」的地步了，可是身軀儘管渺小，心志卻是比天還高，她將「用盡所有力氣／奮力一搏」，然後在「以小搏大」之後，滿足地審視自己的滿身戰痕。

紀弦〈狼之獨步〉以「長嚎」具現出狼之力量，李金憙〈我〉則是以「意志力」取勝。原作可說是雷霆萬鈞，令人屏息，而改寫之後的作品，則頗具作者的獨特風采，也是令人激賞的作品。

從以上的三個改寫範例看來，學生應是挑選自己「最有感覺」的詩篇來進行改寫，這是可以了解的，因為對作品有感覺，所以才會深入欣賞，也才會引起改寫的動機；另外，學生都是著眼在「內容」上來改造（蘇郁嵐將「終站」改成「起點」，蔡欣翰將對象從人轉到地，李金憙則將自己的化身從狂野孤傲的狼，變成不起眼的小沙子），因此教師若欲學生針對某些形式、技巧作變造，可能必須一開始就規定、講解清楚，學生才容易、也才有能力進行改寫。

「改寫是一種再創造」，在這種情況下，學生不會只是亦步亦驅的模仿，還能夠試著「別出心裁」一番，而且因為有優秀的原作為「底」，那麼改寫的作品通常也不會太離譜，所以學生應該會蠻有成就感的。我們期望藉由這種訓練，能讓學生掌握一些創作新詩的竅門，下一步，就可以獨立地來寫新詩了。

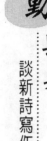

動與美
談新詩寫作中動詞的錘鍊

因為詩是最精練的語言藝術，所以在詩的創作中，會要求「能用一個字表達的，不用兩個字」、「用這個字最好，就決不用另一個字」，所以詩的創作者往往是「上窮碧落下黃泉」地尋找「最恰當的字眼」，當然，有時也難免有「兩處茫茫皆不見」的苦惱；古代詩人有所謂「苦吟」的說法，甚至到了「二句三年得，一吟雙淚流」（賈島語）的地步，都是為了這個原因。

所以，我們當然可以了解「煉詞」的重要性了。而且在字詞的錘鍊之中，煉動詞又是最重要的一環，因為「動感」是創造出美的最重要的因素，由動勢所傳達出的生命力，是最原始、最勃發、最令人感動的（參考古遠清、孫光萱《詩歌修辭學》）。王秀雄《美術心理學》就指出：古代的藝術大師總認為「動感」就是創造出美來的最重要的因素；他並且舉例說明，譬如海洋遇到狂風暴雨時，所造成的怒濤，其力動性的曲線，乃是狂風與地球引力互相作用之結果，又如海灘上富有節奏感之沙波，是海波來回反覆地拂掃所造成之外貌，從中表現出來的生命力及動勢，會栩栩如生地感動我們。

在詩的創作中，這種「動感」當然要藉由動詞帶出，所以如何錘鍊動詞、表出動勢，是一個相當重要的課題。其下就設計了幾個習作，希望藉由這樣的練習，讓學生較為了解何謂「錘鍊動詞、表出動勢」（學生作品均為筆者所指導的大一通識課程：「閱讀與寫作」之課堂習作）。

㈠

請在下列這首詩的（）括號中，填入你認為最適當亮眼的字詞。

〈無題〉（節選） 馮青

自爬山虎的背脊上
（ ）黃昏的霧
庭樹朦朧
花葉的細語
自耳際流過

學生習作：

漫下（英語一 蘇郁嵐）

緩緩飄下（語教一 陳晉賢）

吱吱咚咚地滾下（社教一 許玉玲）

盜取（社教一 陳嫵淇）

輕步跳著（初教一 張芳琪）

滑下（語教一 柯佳慧）

剪下（語教一 許馨云）

原詩的用詞為「踱下」。所以作者是將「黃昏的霧」擬人化了，而且也巧妙的借用植物「爬山虎」的名字，將「黃昏的霧」想成是從「爬山虎的背脊上」「踱下」。而學生的回答中，有些仍是以「黃昏的霧」原本「物」的特質出發，所以形容它是「漫下」、「緩緩飄下」；有人和作者有志一同，也將「黃昏的霧」擬人化了，譬如「吱吱咚咚地滾下」、「輕步跳著」、「滑下」就是如此；也有人認為「黃昏的霧」是從「爬山虎的背脊上」拿來的，因此會說成是「盜取」、「剪下」。

(二)

請在下列這首詩的( )括號中，填入你認為最適當亮眼的字詞。

〈金龍禪寺〉 洛夫

晚鐘
是遊客下山的小路
羊齒植物
沿著白色的石階
一路( )下去

如果此刻降雪

而只見
一隻驚起的灰蟬
把山中的燈火

一盞盞地
（　　）

學生習作：

滑／點亮（美教一　黃華君）

滑／嚇醒（特教一　林嘉琦）

蔓延／點燃（數學一　陳嫵婷）

啃／熄滅（美教一　楊宜楓）

跌落／點醒（特教一　余典翰）

鋸／撲滅（音教一　劉慧文）

綠／叫醒（自教一　廖郡婉）

踱步／打亮（特教一　廖梅秀）

送客／給聲聲喚亮了（體育一　蔡宜君）

爬／喚醒（數學一　張家璇）

滾／擊亮了（心輔一　簡心慧）

第一個空格中的動詞，原詩的用的是「嚼了」。之所以用「嚼了下去」，來形容「羊齒植物」沿著白色石階一路蔓生的狀態，那是因為運用了擬人法的關係，而且因為是「羊齒植物」，所以搭配「嚼」這個動作，真可說是天衣無縫。至於學生習作中，有用「啃」字的，也是相當搶眼，完全能符合原作的本意；另外有學生用了「鋸」字，則是著眼於「羊齒植物」的「齒」字，但是將它轉化為「鋸齒」，因此選用了這個字；還有抓住「擬人」特色，因而使用「滑」、「跌落」、「踱步」、「送客」、「爬」、「滾」等字眼；至於「蔓延」、「綠」則是根據「羊齒植物」本身的植物特點來寫的。

第二個空格（即末句）中的動詞是「點燃」。從詩篇的第三節中，我們可以看到「灰蟬」與「燈火」，兩者之間的關係到底是怎麼樣呢？作者認為是「灰蟬」把「燈火」給「點燃」了。而學生也多是作如是想，因此紛紛寫出「點亮」、「點燃」、「點醒」、「打亮」、「擊亮了」之類的字眼；有些還聯繫起「灰蟬」鳴聲清亮的特性，所以寫道：「嚇醒」、「叫醒」、「給聲聲喚亮了」、「喚醒」；也有人「反其道而行」，認為「灰蟬」會把「燈火」給「熄滅」、「撲滅」。

㈢

請在下列這首詩的（）括號中，填入你認為最適當亮眼的字詞。

〈寶寶之書〉　羅智成

我（　）大群星星奔馳
她說：「你為什麼這麼興奮？」
我無法回答
我的神思正放著一萬個風箏
我花費半個夜晚到達那個隕石坑
但有人先我而至
在彼專心練唱

學生習作：

擁著（心輔一　簡心慧）
穿越（數學一　張家璇）
大叫著說：看！有一（體育一　蔡宜君）
遙望（數學一　許裕晟）
迎著（特教一　王怡蓁）

帶領（體育一 廖志宏）
趕著（特教一 廖梅秀）
朝著（自然一 蔡欣翰）
聽見（音教一 李金憙）
邁開大腳與（特教一 林嘉琦）
痴望（美教一 黃華君）

原詩的用語為「率領」，那麼作者不僅融入這星雨奔流的極速節奏中，甚至本身就是引起這場奔馳的原因，所以如此寫來，動感特別強烈。而學生也有人頗具同感，因此說道：「帶領」、「趕著」；也有人是隨著星星的奔流而動作，所以是「擁著」、「穿越」、「迎著」、「朝著」、「邁開大腳與」；不過，有同學是旁觀這場流星雨，所以寫道：「大叫著說：看！有一」、「遙望」、「聽見」、「痴望」。

用這種「填空」的方式來訓練學生選擇動詞，是相當不錯的。因為句子基本上是完整的，學生不須造出全句，只要熟讀前後的詩句，留心所提供的線索，就可以選用適合的動詞了；對於初學者而言，特別能減輕負擔，因此相當好用。同時，練習結束後，都會提供原作給學生，經過講解之後，學生應該能明瞭原作好在哪裡?而且印象會特別深刻，所以這樣的過程本身就是一種學習。

不過，身為一個老師，我心中一直有一個小小的期待：在每一次的練習中，我都希望可以發現有勝過原作的作品出現。我真的很期待!

連連看
談譬喻格在新詩寫作中的運用

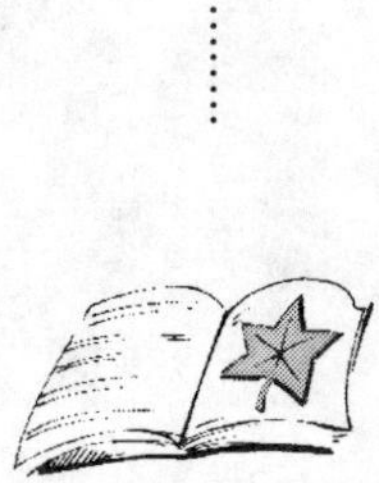

「譬喻」可說是應用得最廣泛的修辭格。黃慶萱《修辭學》中對此下的定義是：「譬喻是一種『借彼喻此』的修辭法，凡二件或二件以上的事物中有類似之點，說話作文時運用『那』有類似點的事物來比方說明『這』件事物的，就叫譬喻。」因為造成譬喻前，需要先在兩種截然不同的事物中，尋求那「類似之點」，所以這種修辭格可說是在「相似聯想」的基礎上達成的；而且譬喻一旦形成之後，就會具有「以易知說明難知」、「以具體說明抽象」的效果，使人在恍然大悟中驚佩作者聯想之妙，從而產生滿足與信服的快感。

了解這些之後，我們就不難明白，為何新詩中會出現大量的、精妙的譬喻，村野四郎甚至說了：「詩是比喻的文學。」因此，訓練學生造譬喻的能力，對於新詩的寫作而言，絕對是非常重要的。

以下就設計了四個問題，交由學生作答，從他們的答案中，我們或可窺知學生對譬喻的掌握能力（學生作品均為筆者所指導的大一通識課程：「閱讀與寫作」之課堂習作）：

(一)

孤獨是一衰老的獸
潛伏在我亂石磊磊的心裡（節選自楊牧〈孤獨〉）

在這個詩句中，作者以「衰老的獸」喻孤獨，是因為孤獨一向潛伏在我們心裡，因此以「衰老」喻寫其存在之久；而圈定為「獸」，是因為獸跡靈敏、獸跡悄悄，如同當我們心緒不平不寧、脆弱敏感時，孤獨就出現了。請你以自己的體會，用譬喻的方式，寫出「孤獨是……」，「……」中的字不可超過二十個。

學生習作：

孤獨是一隻潛藏的貓頭鷹
在我心底晝伏夜出（英語一 吳佳潔）

孤獨是無聲的影子，
寸寸凌遲我體無完膚的靈魂（英語一 杜秋霞）

孤獨是一帶電的烏雲
籠罩著我孤立無援的身軀（語教一　許馨云）
孤獨是斷了線的風箏
失魂落魄地跌落在黑暗的角落（英語一　陳盈均）
孤獨是隻畏光的蟲
在我深沉沉的心中找棲所（語教一　陳韻帆）
孤獨是宇宙黑洞
將我吸入
無法逃出（社教一　董秋意）
孤獨是慢性毒藥
緩緩將我腐蝕（初教一　張芳琪）
孤獨是一首唱不完的歌
無聲地響在我的心裡（社教一　陳孟君）

學生要狀寫孤獨，多是從兩個特點來著眼：「潛伏心底深處」以及「長期的折磨」。前者如：「孤獨是一隻潛藏的貓頭鷹／在我心底晝伏夜出」、「孤獨是隻畏光的蟲／在我深沉沉的心中找棲所」；後者則如：「孤獨是無聲的影子，／寸寸凌遲我體無完膚的靈魂」、「孤獨是慢性毒藥／緩緩將我腐蝕」。所以，也許可以在習作開始前，先帶領學生想想看，「孤獨」有哪些可以著墨的地方？那麼學生也許會寫得比較多面、比較深入。

(二)

〈爪痕集〉（第五首）　林亨泰

慢慢地
被吃掉果肉之後
給人任意丟棄的
龍眼果核
垃圾堆裡
像（　　　　）
埋怨地
看著滿地的果殼

請在空格中填入你認為最適當的譬喻。

學生習作：

上萬隻火球般的眼睛（英語一　杜秋霞）

失去蚌殼的珍珠（初教一　程碧慧）

孤塔裡的囚鳥（英語一　陳盈均）

瞪著的黑眼珠（社教一　陳孟君）

沒有眼白的瞳（語教一　陳韻帆）

原作的譬喻為「像隻瞪大的眼」，這個譬喻一方面取龍眼果核、眼珠，其形狀與顏色上的相似，再方面則是為了帶出後面的「看」。而觀察一下學生的習作，發現他們所造的譬喻，大部分都可以顧及到這兩點；例外的是「失去蚌殼的珍珠」和「孤塔裡的囚鳥」，前者只顧到形似，後者則呼應到後面的「看」，雖然各有缺憾，但是因為這兩個形象都相當鮮明，所以也能留下較深的印象。

(三)

〈彩旗——早春之一〉 汪曾祺

當風的彩旗，

像（　　　　）

請在空格中填入你認為最適當的譬喻。

學生習作：

一只帆，把希望啟航（美教一　黃華君）

春水

飄動起波紋（特教一　施伊珍）

一個快樂的風箏（音教一　葉淑文）

少女舞動的裙角（音教一　李金熹）

水中流動著柔軟的彩虹（特教一　余典翰）

跳躍的鯉魚

撲通——

跌進了春的漩渦（自教一 廖郡婉）

七彩的蝶
自在飛舞（音教一 劉慧文）

鬥魚不斷搧動艷麗的尾巴（數教一 洪郁雯）

攤開的一幅風景畫（心輔一 簡心慧）

水草在潮流裡波動（特教一 王怡蓁）

原作的譬喻為「像一片被縛住的波浪」，主要是模擬那種律動起伏的狀態。學生大多也感受到這一點，因此都盡量朝這方面去聯想、比喻，如「少女舞動的裙角」、「水草在潮流裡波動」；不只如此，「鬥魚不斷煽動艷麗的尾巴」、「水中流動著柔軟的彩虹」這兩個譬喻，還試圖捕捉彩旗的「彩」字，希望能繪出繽紛的色彩。此外，「一只帆，把希望啟航」、「一個快樂的風箏」，則是注意到迎風彩旗充滿生氣的一面；還有「攤開的一幅風景畫」，則是專在表現彩旗之美。

(四)

〈少女〉　梅新

美麗的少女
是這個世界的微笑
我望著她們
我的心
似（　　　　）

請在空格中填入你認為最適當的譬喻。

學生習作：

輕泉緩緩流過（心輔一　簡心慧）

一朵迎向太陽的花（音教一　劉慧文）

盛開的向日葵

微笑（數學一　陳嫵婷）

異世界的旋轉空間

暈眩（美教一　黃華君）

鈴鐺

叮叮作響（數教一　洪郁雯）

漣漪般盪漾（特教一　張偉恩）

鳥梨浸在糖水裡（特教一　王怡蓁）

原作的譬喻為「似一碗端不穩的水／搖晃著」，「我的心」和「一碗端不穩的水」，它們相似點在於「搖晃著」，如此一來，那種怦然心動的感覺，可說是躍然紙上。學生的譬喻則大體上是從以下這兩個方向去發展：心動的感覺，或是甜美的感受，前者如：「漣漪般盪漾」、「鈴鐺／叮叮作響」，後者如：「鳥梨浸在糖水裡」、「盛開的向日葵／微笑」，都是可以說得通的譬喻。

因為譬喻是靠著「相似聯想」，來把兩種完全不同的東西牽合起來，以構成一個譬喻，所以譬喻可以給人一種「新鮮感」。這種「新鮮感」對於文學來說實在是太重要了。就是因為譬喻擁有這種永不凋敝的美，所以譬喻之花才能盛開在文學的園圃中，永遠在讀者眼前閃耀著獨特的姿采。

魔法手指

談擬人法在新詩寫作中的運用

黃慶萱《修辭學》談到「轉化格」時，說道：「描述一件事物時，轉變其原來性質，化成另一種本質截然不同的事物，而加以形容敘述的，叫作『轉化』。」而且「轉化」的方向有三：人性化、物性化、形象化；其中「人性化」就是把人類的心情投射於外物，把外物都看成跟人類一樣來加以描述，這就是我們所常說的「擬人法」。而且在「轉化」的三個方式中，「人性化」（也就是「擬人法」）是最為常見的。

在新詩的創作中也是如此，擬人法的運用非常廣泛，而且常常造成非常生動的效果。舉例來說，劉大白〈淚痕之群〉（七十三）、鍾順文〈山〉和流沙河〈冬〉，就分別把相思、山和冬景給擬人化了：

〈淚痕之群〉（七十二）　劉大白

趁相思微微地睡去的時候，
把她絞死了，
深深地埋在九幽之下；
但當春信重來的夜裡，
她又從紅豆枝頭復活了。

其結構分析表如下：

「因（反）：「趁相思微微地睡去的時候」三行
「果（正）：「但當春信重來的夜裡」二行

此詩一開始就將相思予以「擬人化」的描寫，所以說「趁相思微微地睡去的時候，／把她絞死了，／深深地埋在九幽之下」。所謂「微微地睡去」暗喻思念之情稍稍平靜，「絞死」則意味著刻意排除思念的情緒，不只如此，還要「深深地埋在九幽之下」，可見得作者倍受思念所苦，所以必欲去之而後快的心情了（參考《中國新詩詩藝品鑑》，余海章分析）。

可是，微妙的是，最後收結的兩句：「但當春信重來的夜裡，／她又從紅豆枝頭復活了」，這樣的結果是與作者的初衷完全相反的。所謂的「春信重來」一語，令人想及春情的萌動，更何況又是深謐而適於醞釀幽情的「夜裡」，因此在這種氛圍下，相思「又從紅豆枝頭復活了」；這是將相思「物性化」，意思是在不覺中，相思已茁長為晶瑩艷麗的紅豆。由此可見得愛情不死，愛情自有其勃勃然的生命力，就算當事人（作者）的主觀意志，也是無能操控的。

反面的「因」，卻造成了正面的「果」，欲去不能去、欲絕不能絕，這就是愛情啊！

〈山〉　鍾順文

憨直的傻小子
幾度落髮
幾度還俗

其結構分析表如下：

果：「憨直的傻小子」
因：「幾度落髮」二句

這個傻小子，可真夠傻了吧！居然幾度落髮，又幾度還俗。

這麼傻的傻小子是誰呢？原來是「山」。「山」那厚敦敦的模樣，確實像個傻小子，而且每到冬天，樹葉都掉光了，那不就像是人落了髮嗎？可是春天一來，又添了滿山新綠，活像還俗了一般。

這個傻小子，可真不知道他在想些什麼？

〈冬〉　流沙河

小院的紅梅醒來，
飄飄的白雪吻她。
不要驚散了他的幽會，
窗啊，門啊，快關上吧！

其結構分析表如下：

因：「小院的紅梅醒來」二行
果：「不要驚散了他的幽會」二行

好冷啊！人們都把自己鎖在家裡頭，還緊緊地把門窗關上。雪正下著，大地白茫茫的一片冷寂，只有幾枝紅梅挺立而出，好清幽、好有精神啊！

作者非常珍愛這個畫面，於是將它做擬人化的處理，所以「雪裡紅梅」的景象，就變成了「小院的紅梅醒來，／飄飄的白雪吻她。」而且為了不要干擾他們，所以「不要驚散了他的幽會，／窗啊，門啊，快關上吧！」連門窗都知覺了，全都關上了呢！冬天，似乎也顯得不是那麼冷了。

底下所列的作品，是筆者任教大一通識課程「閱讀與寫作」時，指導學生創作出來的：

〈向日葵〉　數學一　陳嫵婷

所有的事
都躺在陽光下
對我而言
沒有什麼是見不得光的

向日葵「向日」的特性，在這首詩裡得到很好的發揮。因為「向日」，所以「所有的事／都躺在陽光下」，不只如此，作者更進一步地點出：「對我而言／沒有什麼是見不得光的」，這種磊落明朗的態度，真是令人欣賞。

〈花〉　英語一　江翊伶

等待
專屬我的一道陽光
相遇的瞬間
萬紫千紅
綻放

陽光與花的交映，那是多麼燦爛的景象，作者把它想成是「相遇的瞬間」，更增添了浪漫的風味，而且最後點出「綻放」，使得整首詩篇可說是花光照眼，耀目極了。

〈流星〉　語教一　柯佳慧

承載不住眾多的願望
一躍而下

自來都有這個傳說：流星劃過天際的時候，要趕快許願哦！這樣所有的夢想都會成真。作者則把這個傳說倒過來想，認為星星是因為「承載不住眾多的願望」，所以才「一躍而下」，因而造成了流星。這個構想非常具有新意，將流星擬人化，因此活現了流星劃過所形成的弧線，令人眼睛一亮。

〈奔〉　特教一　廖梅秀

直昇機
　隆　隆
死盯群獸不放

這個畫面馬上令人想到「Discovery」頻道中，攝影師從直昇機上俯視拍攝地面狂奔的群獸。不過作者不提攝影師，反而將直昇機擬人化，說它是「死盯群獸不放」，顯得更為有力。

〈玫瑰花香〉 特教一 張偉恩

一隊香氣爬進我的鼻孔
揮動帶刺的空氣
在神經插下勝利的旗幟

好濃好濃的玫瑰香啊！它好像「爬進我的鼻孔」，還「揮動帶刺的空氣」，並「在神經插下勝利的旗幟」。擬人化的寫法，把濃郁的香味寫活了。

〈白〉 自然一 林怡萱

雲的眼淚
洗淨了大地
也把自己
漂白了

濃密的烏雲，在下過雨後，變成潔白的雲，這是我們都熟悉的景象。不過，作者把它想成是雲在掉眼淚，淚水洗淨大地、也漂白自己，顯然比較生動。

〈時鐘〉 數學一 陳韻茹

長針短針比賽跑
兩個趕快向前跑
繞了一圈又一圈
十二點鐘一起到

時鐘裡的長針短針，為什麼總是不停腳地拼命跑呢？原來他們是在比賽呀！可是「繞了一圈又一圈」，結果還是「十二點鐘一起到」。比賽結果——平手！

〈海浪〉 特教一 余典翰

沙灘上的貝殼是海的蛀牙
風來看診時
海總是
咆

哮
叫
痛

海是「人」，而且是一個常常牙痛、脾氣不好的「人」，所以「沙灘上的貝殼是海的蛀牙」，而且「風來看診時／海總是／咆／哮／叫／痛」。

〈髮〉 英語一 杜秋霞

縱使灰白遍佈全身
仍執著的不肯鬆開
緊握母親的手

母親灰白的髮，是滄桑的歲月化成的，這根髮，紀錄著母親的辛勞與堅毅。因此，這根白髮也彷彿感染了母親的辛勞與堅毅，所以「縱使灰白遍佈全身」，可是「仍執著的不肯鬆開／緊握母親的手」。髮與母親，這兩個形象好像已經疊合在一起，分也分不開了。

「擬人」的魔法手指一點，整個天地都活起來了！

學生運用擬人法進行創作，其實是並不為難的，這點從兒童詩中大量地運用擬人法，就可窺知一二。擬人法的心理基礎是「移情作用」，所謂「移情作用」就是指人在面對天地萬物時，把自身的感情移置到外在的天地萬物上去，似乎覺得天地萬物也有同樣的情感。這種經驗相當普遍，幾乎每個人都經歷過，譬如當自己心花怒放時，似乎連天空都在為我微笑，當自己苦悶悲哀時，似乎春花秋月也在悲愁。所以，當我們運用擬人法時，特別能感到與外在世界是「無隔」的，這種溝通交流的自由感，十分吸引人。因此，我們也就可以了解，為什麼「擬人」的手指，是魔法手指了！

相似與相反

談賓主法與正反法在新詩改寫中的運用

暑假伊始，受邀至花蓮縣花崗國中擔任「教學創新九年一貫課程九十一學年度擔任七年級本國語文領域教師課程計畫編寫工作坊」的講師。演講分成兩個半天，講題分別是「現代詩歌的欣賞與創作」和「章法與作文教學」。雖然這次的研習活動，將參加老師的資格設定在即將擔任七年級課程者，但是除此之外也有許多老師很熱誠地參加了整整五天的研習活動；而且在演講的過程中，時時感受到老師們旺盛的求知欲，這是最令人感動的地方。

由於演講的主題包括了「新詩」與「章法」，於是動念在第二次的演講中，設計一份融合「新詩」與「章法」的作業，讓老師們也重溫一下學生時代「寫作業」的回憶，並藉此反芻兩次演講的內容，希望能留下更深刻的印象。當時的構想是這樣的：由於在第一次有關新詩的演講中，已經提到了「聯想三定律」，而章法中的「賓主」法和「正反」法，就是分別藉著相似聯想、相反聯想為基礎來達成的，所以作業的設計就是挑選一首合適的新詩，然後希望老師們運用章法的觀念進行改寫。

剛開始老師們都很害羞，而且許久沒有提筆寫東西了，多少有點生澀的感覺，也許有些老師還會懷疑自己能不能達成作業的要求呢！可是我也發覺老師們很可愛的地方，就在於心中仍然蠢動著對文學的喜好，以及創造的慾望，因此只要稍微鼓勵一下，老師們就又高興又害羞地認真寫了起來。底下就是此次作業的內容，可以分成兩個進程：

一、請以「泥土」為主題進行「相似聯想」和「相反聯想」。

「聯想三定律」原包括三種聯想：即接近、相似、相反聯想。其中接近聯想就是因為時間、空間……的接近所引起的聯想，例如由桌子想到椅子，由花想到葉；而相似聯想就是由一事物出發，聯想到與其表現性相似的事物，例如由暴風雨想到革命，由花想到美人；還有相反聯想就是由一事物出發，聯想到與其表現性相反的事物，例如由戰爭想到白鴿，由監獄想到飛翔。

在文學創作中，運用相似聯想可以想到與主題相似的事物，因此可以用來作為「陪襯」，造成「調和」的優美效果；而運用相反聯想可以想到與主題相反的事物，所以可以用來作為「反襯」，因此形成「對比」的強烈美感。基於這樣的考量，所以在這次的習作中，將此二者獨立出來進行聯想練習。

在進行聯想之前，首先要分析「泥土」具有什麼特質（也就是「表現性」）？然後才可以據此展開聯想。當時短短幾分鐘內大家所想到的，大概是如下數端：

1.可以被捏塑。

2.樸實。

3.低賤。

4.骯髒。

5.可以滋長萬物。

6.容易被忽略。

當然繼續搜尋下去，應該可以發現更多的屬於泥土的特性。

接著，針對前述的六項特性，就可以分別地想到與之相似或相反的事物。就以「可以被捏塑」來講，相似者有「學生」、「子女」、「棉被」、「麵團」、「軟陶」、「水」……等，相反者有「鋼筋水泥」、「鋼鐵」、「鑽石」、「頑固的人」、「勇士」、「老人」……等等。若是針對「樸實」這個特質，與泥土相似者有「草根」、「制服」、「農夫」、「鄉村」、「史前文化」、「清教徒」……等等，相反者有「油脂小子」、「城市」、「明星」、「彩虹」、「花朵」、「巴洛可」……等等。如果時間充裕，這種聯想練習實在是一個很好的「頭腦體操」，而且若是有相互激盪的機會，那麼就會「玩」得更有意思，表現也會更好。

二、因為「賓主」法和「正反」法都是運用「襯托」的手法來烘托出主題，只不過前者是「陪襯」，後者是「反襯」。因此請針對魯藜〈泥土〉進行改寫，改寫的要求是將原詩所運用的「正反」法，改為「賓主」法，而且詩句可稍作改動。魯藜〈泥土〉原詩如下：

老是把自己當珍珠
就時時有怕被埋沒的痛苦

把自己當作泥土吧
讓眾人把你踩成一條道路

其結構分析表如下：

反：「老是把自己當珍珠」二行
正：「把自己當作泥土吧」二行

「珍珠」和「泥土」在一般認定的價值上，一個極昂、一個極賤，因此是相反的兩種物品；但是作者分別為它們賦予「怕被埋沒」和「捨身成路」的特質，而且前者是一種「痛苦」，後者卻是值得讚美的奉獻，所以這兩種特質雖然還是相反的，可是評價卻完全轉變了，變成前者是反面的，後者才是正面的，而且全詩真正的重心正在於此，所以作者是藉著珍珠來陪襯泥土，由衷的歌誦了犧牲奉獻的可貴精神。

底下所列的詩篇，就是老師們應用「賓主」法加以改寫的創作成果：

美崙國中　李依蓉

如果你是顆頑石
就有繼續堅持的理由

如果你是株小草
就有等待春風的希望

如果你是把泥土
就有通向羅馬的明日

李老師的學習能力實在相當強，不僅可以掌握「賓主」法的要點，而且還很靈活地將詩歌的形式從兩小節改成三小節，用兩個「賓」來襯一「主」，表現十分優異。

美崙國中　李依蓉

水
金　土　木
火
金玉珠寶的　光輝
木葉根莖的　萌生
水雨雲霧的　流轉
火焰光熱的　舞動

都孕育在那方
泥土的心中

李老師將五行的觀念融入詩中，在一開始用「圖像」的方式加以表達，然後據此演繹，可說是別具巧思。

光復國中　劉惠玲

路燈忍受孤獨
照亮行人前路
把自己當作泥土吧
讓眾人把你踩成一條道路

「路燈」的貢獻在於「照亮前路」，因此可以用來陪襯「泥土」捨身為人的奉獻，可見得劉老師所選取的「賓」是相當貼切的。而且劉老師文思泉湧，另外還搜尋到幾個「賓」，寫出如下的詩篇：「葉化作泥／滋養花顏／把自己當作泥土吧／讓眾人把你踩成一條道路」、「燈塔抵禦浪襲／引領海上孤舟／把自己當作泥土吧／讓眾人把你踩成一條道路」、「螢凝聚生命的光輝／妝點著夏天的夜空／把自己當作泥土吧／讓眾人把你踩成一條道路」，都是很不錯的。

花蓮中學　楊垂芳

大海容納百川
孕育無限生機

泥土貢獻自己
化成萬物生生不息

這首詩改寫的幅度是比較大的，雖然仍是強調泥土的貢獻，但是著眼點轉為「化成萬物生生不息」，並藉此想到「大海容納百川／孕育無限生機」；以「大海」陪襯「泥土」，兩者都是博大至極的事物，因此這首詩給人的感覺是頗有氣魄。

瑞穗國中　向政楠

你把自己化成了水
萬物得到滋潤

你把自己化成了陽光
萬物得到溫暖
而我把自己化成了泥土
百花綻放
美麗

向老師用兩個「賓」——水、陽光，來襯托一個「主」——泥土，展現出掌握賓主法的能力。

此外，也有許多老師「行有餘力」，順便也運用「正反」法來改寫詩篇，而且有趣的是，這樣的改寫詩數量更多。為什麼會出現這種情形呢？根據推想，大概是因為前面的演講內容中，介紹了三首運用正反法的新詩，所以老師們對此的領會更深，自然而然地就表現在習作中；這也給我們一個啟示：在日常教學中引導學生進行創作時，如果能提供兩、三首作為「範本」的作品，這樣既能產生「取法乎上」的學習效果，又不會陷入機械模擬的窠臼中，是相當好的一種做法。底下所列的詩作，就是老師們運用「正反」法的改寫詩篇：

新城國中　劉秋蘭

當水　水東流西流
　終將散了、涸了
為土　土東拼西湊
　終將圓了、實了

「水」是流動不居的，「土」是可搏可塑的，前者流失，後者圓實。劉老師這首短短的詩，頗有味道。

秀林國中　蕭詠怡

總當自己是空氣
呼吸吐納盡是無形
何妨成為一抔泥土

無聲讚頌萬物新生

蕭老師著眼於「無形」、「有形」的對照，寫成了這首詩。

化仁國中　黃麗芳

年少如石的心
以最堅硬的稜角
領受孤獨

直到化作柔軟的泥
才見到花的美麗

「石」風化就成為「泥」，「石」是堅硬的，「泥」卻是柔軟、能夠化成萬物的，黃老師抓住這一點，與年少的心、成熟的心牽合起來，就形成了這首頗具深意的詩。

國風國中　劉素芬

綠葉烘托紅花
花更美

眾星圍拱明月
月更燦

泥土壓縮自己
路才能無限延長

這首詩有趣的地方，在於前二節用了「綠葉襯紅花」、「眾星拱月」等常用來說明「賓主」法的事物，但是重點擺在「主」——即「花」與「月」；而第三節的「泥土」卻是「壓縮自己」，甘願把自己擺在無人注意的地方，所以與焦點所在的「花」與「月」形成了對比。因此本詩看起來很容易被誤認為運用「賓主」法，但是事實上運用的是「正反」法。

新城國中　王國光

你想當石頭也不錯
可以不問世事
還是把自己當作泥土吧
讓眾人把你踩成一條道路

王老師從「石頭」與「泥土」中，分別抽繹出「不問世事」與「奉獻自己」兩種特質，並因此形成對照，寫成了這首詩。王老師另外還寫了一首詩：「老是把自己當水／就時時有怕被固定的痛苦／把自己當作泥土吧／讓眾人把你踩成一條道路」，此處「怕被固定」和「奉獻成路」就形成了對比。

也有老師跳離了「泥土」主題，只著眼在「正反」法上來構成詩篇，雖然不合題目要求，但也是一種學習心得的表現：

新城國中　黃月琦

老是把自己當猛禽
就時時有怕被獵殺的痛苦

把自己當作麻雀吧
讓眾人把你視成平凡的生命

「猛禽」與「麻雀」是對比，「怕被獵殺」與「平凡生存」也是對比，所以無庸置疑的，這是首以正反法寫成的詩篇。

新城國中　林笑春

老是把自己當彩虹
就時時有怕瞬間消失的惶恐

把自己當作橋樑吧

讓兩岸因你串成永恆

這首詩巧妙的地方在於「彩虹」與「橋樑」雖然「形似」，但是林老師著眼於兩者之間「瞬間消失」和「永恆」的相反特質，鋪寫成一首詩，顯得很有趣味。

國風國中　葉秀琴

承認自己就是一塊普通的石頭吧
安安分分臥在大地之上
別老是妄想去補天
可免有寶玉的痛苦

這首詩特別的地方在於形成「先正後反」的結構，與別首詩「先反後正」的結構不同；而且其中用到了《紅樓夢》中賈寶玉的典故，增添古典的風味

萬里國中　何再慶

記憶像流過冰上的水
愈冷愈厚

心變成歲月的殺手
愈忘愈多

「記憶」與「忘」形成了鮮明的對比，而且「記憶像流過冰上的水／愈冷愈厚」，確是富有詩意的句子。讀這首詩，讓人感覺到何老師在寫詩時，心情似乎頗為沉重複雜。

美崙國中　呂如月

老是把自己當刺蝟
就時時有挺身防禦的緊張
把自己當作小草吧
讓眾人把你當作地毯

自在躺臥

由「刺蝟」想到「防禦」，與「小草地毯」的「自在」，是一種鮮明的對照。

東里國中　榮秀蘭

總是把自己當老師
就時時有怕被掘盡的空虛
把自己當作學生吧
重新回歸到原點

這首詩彷彿正訴說著老師的心聲。榮老師另有一首詩，也寫得不錯：「老是把自己當牡丹／就時時有怕被摘取的無奈／把自己當作肥料吧／化作春泥更護花」。

新城國中　謝雅芳

老是把別人當氧氣

就時時擔心失去時會窒息
把自己變成一棵樹吧
種在自己的心田裡

此詩的前兩句頗富深意，後兩句轉得好，這就是正反法的妙用。

平和國中　張翠玲

總是把自己當寶物看
就時時有擔心失去的痛苦
把自己當作鹽巴吧
讓眾人擺脫不了你的存在

張老師的詩化用了莎翁名劇《李爾王》「愛你如鹽」的典故，強調出微小但不能忽視的存在。

瑞穗國中　涂亞鳳

老是把自己當成黃金
就時時有被鎖在保險箱的寂寞

把自己當成黃銅吧
讓電流把你傳送到世界的每個角落

「黃金」與「黃銅」有著「似」與「不似」，相似的地方在於都是黃色的金屬，不似的地方在於前者因為昂貴而「被鎖在保險箱」，後者則因實用而有巨大的貢獻。涂老師主要著眼在「不似」之處，寫成了這首詩。

國風國中　沈明珠

是星　才能閃耀蒼穹
是鷹　才能遨遊天空

如果　我只能是一棵樹
就讓影子延伸出綠蔭
帶來清涼

高處的「星」與「鷹」，和低處的「樹」形成了對照，但是「各得其所」，不就是一種更大的自在嗎？

在以往的演講中，因為時間有限，所以都無法安排讓老師實作；而此次演講時間較為充裕，因此就首度嘗試請老師們也來寫寫看，結果發現老師們可真是「有兩把刷子」呢！花崗國中的劉教務主任看了寫作成果後，也頻頻感嘆道：畢竟是國文老師，寫出來的東西真是令人感動啊！所以，不僅學生們有很大的潛力值得開發，老師們也有；而且老師若能好好地開發自身潛力，對於開發學生的潛力而言，更是有極大幫助的。

另外，值得一提的是，在演講的過程中，發現許多老師都有相當好的吸收力，而且其中有一位坐在前排的老師，反應更是敏銳極了。譬如問到在空間長、寬、高三維裡，為何形成「遠近」(「長」的一維)空間結構者最多？那位老師指指眼睛，意思是：「因為眼睛向前看的關係」；此外，談到「力」所造成的「動勢」是美的來源，而「力」除了來自植物的生長、動物的跑跳等「生命力」的展現外，還來自哪裡呢？那位老師也很快地說道：「自然力。」因為自然力而產生的水流、風吹……等自然現象，確實是動勢的重要來源。這位老師的敏銳真是讓我驚異，留下非常深刻的印象，很可惜的是當時居然沒有請問她的名字；所以很希望這位老師能看到這篇文章，與我連絡一下。也許這是一個太浪漫的想法，能夠實現的可能性不高，但是偶爾浪漫一下又何妨呢？

綠葉紅花

談賓主法在新詩寫作中的運用

所謂的「賓主」法，就是運用輔助材料（賓），來凸顯主要材料（主），從而有力地傳達出主旨的一種章法。這種襯托關係之所以能夠成立，那是因為「賓」與「主」之間有一「相似點」可資比較，因此就能夠用這個「賓」去凸顯出那個「主」。所以我們知道，在運用「賓主」法時，「相似」聯想的活躍是很重要的，因為唯有如此，才能搜尋到新鮮的、妥適的「賓」，以完美地烘托出「主」；更進一步來說，「賓」與「主」之間是相似的，所以會產生調和之美，而且有主有從，都是為了托出主旨而服務，這就會形成繁多的統一，因此而產生和諧美。

以下所列的三首詩篇，都是運用「賓主」法而寫成的，並且造成了非常好的效果。

〈偶然〉　徐志摩

我是天空裡的一片雲，
偶爾投影在你的波心——
你不必訝異，
更無須歡喜——
在轉瞬間消滅了蹤影。

你我相逢在黑夜的海上，
你有你的，我有我的方向，
你記得也好，
最好你忘掉，
在這交會時互放的光亮。

其結構分析表如下：

- 賓
  - 敘：「我是天空裡的一片雲」二行
  - 論
    - 果：「你不必訝異」二行
    - 因：「在轉瞬間消滅了蹤影」
- 主
  - 敘：「你我相逢在黑夜的海上」
  - 論
    - 因：「你有你的，我有我的方向」
    - 果：「你記得也好」三行

詩篇一開始，作者高唱出「我是天空裡的一片雲」，繾綣風流的情韻悠然而生；接著描繪雲朵投影於波心，這是自然界中一個美麗的、偶然的「聚首」（此為敘述）。但作者隨即說道：不必訝異、無須歡喜，因為「轉瞬間消滅了蹤影」（此為議論）；瀟灑曠達中，似乎又有著一抹淡淡的惆悵。

然後從自然景物過渡到人事現象上。「你我相逢在黑夜的海上」，也是一個美麗的、偶然的「聚首」（此為敘述）。但是彼此固然是在「海上」相逢的，可是因為「海上」本來就是個流離的、動盪的所在，所以這個場景同樣也暗示了分離，因此作者遂說道「你有你的，我有我的方向」。而且，更進一步地，作者推想到：因為各有方向，所以這「交會時互放的光亮」注定是短暫的，因此有感而發地寫下這兩句：「你記得也好，最好你忘掉」，言下之意，極繫戀，又極曠達（此為議論）。此最末四句是以議論抒感的方式帶出，彼此間又形成

「由因及果」的結構，作者思路的轉折清晰可見。

此詩以自然界中的「偶然」，來陪襯人事聚合中的「偶然」，極為優美地訴說了「偶然」的短暫及珍貴。不過，面對這種「偶然」，依依不捨、欲留不住，作者索性瀟灑地放開：「你記得也好／最好你忘掉」；然而，作者將「交會時互放的光亮」置於詩末，畢竟使這黑夜中因相聚而綻放的光芒，永遠地刻繪在讀者的心版上。

〈貝殼〉　覃子豪

詩人高克多說
他的耳朵是貝殼
充滿了海的音響
我說
貝殼是我的耳朵
我有無數耳朵
在聽海的秘密

其結構分析表如下：

賓┌因：「詩人高克多說」二行
　└果：「充滿了海的音響」
主┌因：「我說」二行
　└果：「我有無數耳朵」二行

覃子豪素有「海洋詩人」的美稱，這首詩可說是一個很好的見證。

我們都知道拿著一個大海螺，靠在耳朵邊傾聽，會聽到海潮的聲音，而且大海螺的形狀也像人的耳朵，因此，我們馬上可以意會「詩人高克多」為何會有此一喻：「他的耳朵是貝殼／充滿了海的音響」。從這短短的三句裡，我們就可以感受到「詩人高克多」對海洋那種親切喜愛的態度。

不過，這三句只是用作陪襯的「賓」而已，真正的重心在詩的後幅，那才是「主」。作者（即詩中之「我」）說道：「貝殼是我的耳朵／我有無數耳朵／在聽海的秘密」，與前面「他的耳朵是貝殼」比較起來，「貝殼是我的耳朵」的譬喻，顯然是更勝一籌的。因為這麼一來，無數的貝殼都是作者的耳朵，作者就可以聽到更多關於海的消息了；而且前面說聽到「海的音響」，後者說聽到「海的秘密」，那種對海洋的私心眷愛，可說是盡在此中。

這首詩有趣的地方就在於：「耳朵」與「貝殼」在第一個譬喻裡，分別位於「喻體」和「喻依」的位置，但是在第二個譬喻中，一掉換位置，效果馬上大不相同；而且因為有第一個譬喻作陪襯，所以第二個譬喻就更引人注目，整首詩的趣味就此產生。這大概也可以作為修辭書的一個最佳範例吧！

〈試驗之一〉 席慕蓉

他們說　在水中放進
一塊小小的明礬
就能沉澱出　所有的
渣滓

那麼　如果
如果在我們的心中放進
一首詩
是不是　也可以
沉澱出所有的　昨日

其結構分析表如下：

- 賓（實）
  - 因：「他們說 在水中放進」二行
  - 果：「就能沉澱出 所有的」二行
- 主（虛）
  - 因：「那麼 如果」三行
  - 果：「是不是 也可以」二行

明礬可以濾清雜質，這是一個普通的常識；但是作者卻從這裡出發，聯想到「如果在我們的心中放進／一首詩」，那麼「是不是 也可以／沉澱出所有的 昨日」？

寫詩，讀詩，那就是「在我們的心中放進／一首詩」；「昨日」之所以可能清清楚楚地浮現，那是因為「詩」的關係。可是「詩」到底在傳達著什麼訊息呢？對未來的憧憬？對現在的感觸？還是對過去的懷想？然而人生是不可分割的，能夠懷抱未來的憧憬，固然是從過去與現在所累積的經驗中提煉出來的；可是對過往一切的詮釋，又何嘗不是掌握現在與未來之後，才能夠產生的呢？「詩」能夠鎔鑄時間的三相，「詩」實即鏤刻著我們對生命的思索。

而且，值得玩味的是：關於「明礬」（賓）的部分是「實寫」，但是關於「詩」（主）的部份卻是「虛摹」，亦即是根據推想，以疑問的語氣寫成的，這樣的寫法，不僅增添了詩篇搖曳的韻致，而且還多了點委婉的「邀請」的味道。

可以嗎？一起來讀讀詩、寫寫詩吧！

其下所列的詩作，即為筆者任教大一通識課程「閱讀與寫作」時，指導學生所創作的：

〈喜歡〉　音教一　劉慧文

冬眠的蛇
祈禱　春的到來
我　祈禱
你的出現

以「冬眠的蛇」來襯托自己，那是很有意思的，因為「冬眠的蛇」隨時「祈禱　春的到來」，就像我，我隨時「祈禱／你的出現」。「蛇」原本是個討人厭的動物，就算是在冬眠中，也令人噁心，可是作者卻能用牠來詮釋「喜歡」，這種構思真是奇妙，讓人眼睛一亮。

〈喜歡〉　數學一　陳嫵婷

雪被溶化
喜馬拉雅山被征服

心被佔領

雪被融化了，喜馬拉雅山被征服了（讓人想到少女峰變成少婦峰的故事），我的心——被佔領了。短短三句，出現了二「賓」一「主」，像三個浪花般，越推越高、越推越高，終於道出：「喜歡」。

〈花〉 語教一 陳晉賢

紅的
粉的
紫的
你是最美麗的

這些紅的、粉的、紫的花朵們，全部都美麗，然而在這其中——「你是最美麗的」。在這首詩裡，彷彿全世界的花都是陪襯，只有「你」以最獨特的顏色與姿態出現在我眼前。真是幸福，多麼甜美的感覺。

〈窗〉 數學一 張家琁

你就是這樣
孤單的仰望太陽
安靜的凝視月亮
卻又不甘寂寞的
框住我
整個世界

「窗」就是這樣的：「孤單的仰望太陽」、「安靜的凝視月亮」，以及「不甘寂寞的／框住我／整個世界」。「窗」的三個特質裡，前兩個都是「賓」，末一個才是「主」；而且最堪玩味的是：從兩個「賓」裡頭，我們可以看出「窗」的孤獨，可是這個孤獨卻加強了最後帶出的「我」的孤獨。「窗」與「我」，似乎是一而二、二而一的。

〈涼〉 自然一 林怡萱

天使的羽翼已被摧毀

玫瑰花開始凋謝
水晶在夢醒瞬間
成了無數碎片

此詩出現了三個景：「天使的羽翼已被摧毀」、「玫瑰花開始凋謝」、「水晶在夢醒瞬間／成了無數碎片」；而且前兩個是「自然景」，只做為陪襯，最後一個是「人事景」，那才是重點所在。「夢醒瞬間」，一切曾經如此美好的事物都破碎了，真是令人「涼」透心頭呀！

「眾星拱月」、「水漲船高」、「紅花綠葉」……，這些都是常常用來指稱「賓主」法的詞彙，也都確實能點出「賓主」法的特色。「賓」與「主」之間那種一脈相通的感覺，確乎是十分奇妙的，它讓我們產生了默契於心的感受，何須明說呢？一切就在不言之中達成瞭解了。

這種含蓄深永的美感，怎能不令人喜愛呢？

反過來說

談正反法在新詩寫作中的運用

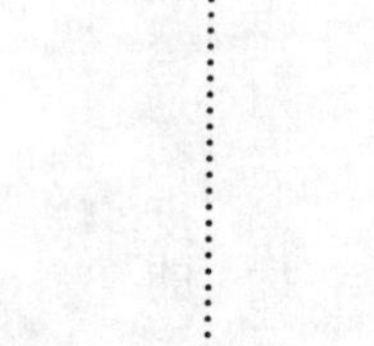

正反法就是將極度不同的兩種（或兩種以上）的材料並列起來，作成強烈的對比，藉反面的材料襯托出正面的意思，以增強主旨的說服力與感染力。創作者基於「相反聯想」，而將兩種極度不同的材料牽合在一起，以形成「對比」，因而帶來鮮明、醒目、活躍、振奮的強烈感受；並且有「相對立的形態」出現在篇章中，反而能使主體（正）的特點更凸出、姿態更優美；除此之外，還可以增強主旨的感染力，這又再一次證明了「繁多的統一」這一美學至理。

正反法在新詩寫作中的運用相當常見，而且也往往造成了非常好的效果。底下所列的三首詩：魯藜〈泥土〉、顧城〈一代人〉、楊華〈小詩〉之一，都是以正反法構篇的：

〈泥土〉 魯藜

老是把自己當珍珠
就時時有怕被埋沒的痛苦

把自己當作泥土吧
讓眾人把你踩成一條道路

其結構分析表如下：

反：「老是把自己當珍珠」二行
正：「把自己當作泥土吧」二行

「珍珠」和「泥土」在一般認定的價值上，一個極昂、一個極賤，因此是相反的兩種物品；但是作者分別為它們賦予「怕被埋沒」和「捨身成路」的特質，而且前者是一種「痛苦」，後者卻是值得讚美的奉獻，所以這兩種特質雖然還是相反的，可是評價卻完全轉變了，變成前者是反面的，後者才是正面的，而且全詩真正的重心正在於此，所以作者是藉著珍珠來陪襯泥土，由衷的歌誦了犧牲奉獻的可貴精神。

〈一代人〉　顧城

黑夜給了我黑色的眼睛，
　我卻用它尋找光明。

其結構分析表如下：

反：「黑夜給了我黑色的眼睛」
正：「我卻用它尋找光明」

首句將眼睛的黑色，說成是來自黑夜。不過此處的「黑色」，若與第二句的「光明」對照起來看，那麼我們會發現：「黑色」之中還隱藏著「黑暗」之意；因此我們也就可以想像得到：「黑夜」並不只是指夜晚，應該還暗示著黑暗、恐怖的經歷（或年代），而這些，都深深地烙印在作者心上，所以造成了「黑色的眼睛」。不過，第二句（也就是末句）卻神來之筆地大力扭轉：我用它來尋找光明。作者彷佛藉此告訴我們：人不僅可以不被痛苦擊倒，甚至還能在痛苦中凝聚出智慧與毅力，幫助我們找到光明。這對人性中堅忍不拔、正向提升的那一面，是多大的肯定與讚美啊！

「黑」與「光」原本就是一組極強烈的對比，更何況作者又以動作強化，因此「帶來黑暗」對照於「尋求光明」，留給讀者的印象，實在是太深刻了！

〈小詩〉之一　楊華

人們看不見葉底的花，
已被一雙蝴蝶先知道了。

其結構分析表如下：

反：「人們看不見葉底的花，」
正：「已被一雙蝴蝶先知道了。」

此詩是以「葉底的花」為主角，以點染出春日的明媚。但是怎麼樣才能凸顯出這「葉底的花」呢？作者採用了「先反後正」的結構，用「人們看不見」，來對照「蝴蝶先知道」，描繪出一幅可親的春日小景。

筆者任教大一通識課程「閱讀與寫作」時，在一次期末測驗中，出了一個題目：請以「火」為題，運用「相反聯想」，來寫成一首詩篇。同學有根據「同一事物，一體兩面」來演繹火的，但較多的還是用其他事物陪襯，以凸顯出火之特性。其創作成果如下所列：

〈火〉 特教一 張偉恩

你老說自己壞
說自己總是在破壞
我懂
其實你的心比水還要軟
否則水一來
你又何必趕緊躲開

火會燃燒一切，所以「總是在破壞」；但是火又最怕柔軟的水，所以水一來，就「趕緊躲開」。那麼火到底是心腸壞還是心腸軟呢？作者以「壞」來陪襯出「好」，造成了詩的趣味。

〈火〉 數學一 張靜惠

失溫的身軀
三度灼傷的心靈

我沾沾自喜
最天然的紋身

火帶來的傷害，讓身軀失溫、心靈灼傷；可是「我」卻沾沾自喜，因為那是「最天然的紋身」。在此形成最大不同的，是「受到傷害」與「沾沾自喜」。

〈火〉 美教一 黃華君

燒去了一切
卻帶來灰燼
讓生命萌芽

火燒過後，難道什麼都沒有留下嗎？有，那是灰燼，讓生命萌芽的灰燼。所以「燒去一切」與「生命萌芽」，恰好形成了對照。

〈火〉 音教一 李金憙

放一把火

在心田裡
燒得僅剩下灰燼
驚見
只剩下一座死寂之城的軀殼
空坐獨唱哀傷的歌

「火光熊熊」與「死寂之城」，是「火熱」與「哀傷」的對比，然而，耐人尋思的是，這兩者卻是有著因果關係的。

〈火〉　數學一　張家璇

深夜中
空氣冷冽
卻無法熄滅
手中的火把

空氣冷冽，而熱情的火不熄。你說：火的力量是不是最強大的呢？

〈火〉 數學一 陳嫵婷

偷偷發現
冰雪把你掩沒

慢慢放入一把火
把你融化

「冰」與「火」的對照，訴說的是愛情的力量。

〈火〉 數學一 洪郁雯

史前的原始黑夜
一片洞黑
原始人瑟縮在黑洞裡
遠方
一縷黑煙

光線開始瘋狂 燒紅了整片天空
原始人眼裡的黑洞也
開始燃起
一把熊熊烈火

前三行描摹的是一片黑：黑夜的黑、黑洞的黑。後幅詩句則敘說「火」被點燃，在「原始人眼裡的黑洞也／開始燃起／一把熊熊烈火」。然後，人類的文明開始發光。

〈火〉　自教一　廖郡婉

在黑暗的極地中
劃開
賣火柴小女孩的
天堂

「黑暗的極地」，與火光所帶來的「賣火柴小女孩的／天堂」，造成了很鮮明的對照；既是「黑暗」與「光明」的對照，也是「實」與「虛」的對照。

〈火〉 特教一 林嘉琦

千萬年的重壓
換來滿身的黑
露出頭
我要讓世界因我
發光發熱

炭因重壓而「黑」，因為露出頭而「發光發熱」，那是因為「火」的關係呀！

從學生的習作中，我們可以發現，如果針對「火」的光亮，就會用黑暗來作對照；如果想到「火」的熱，就會馬上聯想到冰的冷；如果對「火」熱烈的氣勢留下深刻印象，那就會以一片死寂來反襯……，這些確是對比的事物，安排在詩篇中自能產生效果。雖然學生的作品不免青澀的味道，不過這樣的訓練方式可以讓學生知道如何運用正反法構篇，也就是自覺地來安排篇章內容，是相當好的訓練，非常值得嘗試。

所謂「相反而相成」、「反正相生」的效果，就是這樣才產生的呀！

記得當時年紀小

兒童詩寫作練習

兒童詩是屬於兒童的，無論是成人為兒童創作，或是兒童自己的作品，讀者都是兒童。因此兒童詩是兒童的專利，是適合兒童程度、經驗、興趣、心理需要而產生的作品（參見林文寶、徐守濤、陳正治、蔡尚志合著《兒童文學》）。

雖然如此，不過兒童詩純真明快、淺白自然的特色，也往往吸引了非兒齡的讀者來閱讀。此外，就創作而言，因為寫作兒童詩時所用的是「兒語」（又稱「童語」、「淺語」），就是指兒童所能說、能聽、能懂的話語，尤其是兒童天真爛漫而又饒富趣味的話語，因此也頗能吸引童心未泯的作者來創作；更何況，兒語又有一個便利的地方，那就是不像現代詩用語一般難以掌握，可以說是比較容易上手的（當然，真要寫得好也不容易），對於初學者來說，把寫作兒童詩當成一個開始，也是不錯的選擇。

以下我們就選析幾首膾炙人口的兒童詩，以一窺兒童詩特殊的風貌：

〈爺爺疼我〉　詹冰

我的腳好痛。
我向爺爺說：
「爺爺，我的腳好痛。
吃糖果就會好了。」
爺爺就買糖果給我吃。
只有爺爺相信我的話。

〈遊戲〉　詹冰

「小弟弟，我們來遊戲。
姐姐當老師，
你當學生。」
「姐姐，那麼，小妹妹呢？」
「小妹妹太小了，

她什麼也不會做。
我看！
讓她當校長算了。」

〈插秧〉 詹冰

水田是鏡子
照映著藍天
照映著白雲
照映著青山
照映著綠樹

農夫在插秧
插在綠樹上
插在青山上
插在白雲上
插在藍天上

上面所列的三首詩，都是詹冰所寫作的。詹冰詩齡甚長，除了寫作兒童詩之外，其實新詩創作方面的成績更受人肯定，上述的第三首詩，就常常被分別選錄在兒童詩集與新詩集中。

〈爺爺疼我〉童言童語，是標準的兒童詩。孫兒吃糖果的渴望，孫兒為了吃糖果所耍的小小心機，都用說話的方式活現在詩中；不過，最令人莞爾的是末二句：「爺爺就買糖果給我吃／只有爺爺相信我的話。」假裝相信孫兒的爺爺，相信爺爺相信自己的孫兒，一老一小兩張笑咪咪的臉龐，那種祖孫之情，真是濃得化也化不開呀！

〈遊戲〉一首是用對話的方式串成的。讀這首詩，彷彿時間飛回了過去玩家家酒的年代，那時大家都搶著當老師，老師當不成，退而求其次，只好當學生，如果連學生也當不成，那就只好當校長了。作者如此寫來，姐弟三人天真爛漫的情景如在目前，而且，當然我們也在篇外讀到了作者淡淡的諷刺。

至於〈插秧〉一詩，因為「水田是鏡子」，所以會照映著藍天、白雲、青山、綠樹；而且這時候「農夫在插秧」，所以會插在綠樹上、青山上、白雲上、藍天上。此時，人與自然融合無間，寧靜而悠遠，是多麼調和的畫面啊！

欣賞過名家所創作的優美詩篇後，就可以自己試著來創作兒童詩了。其下所列的詩作，都是筆者任教大一「兒童文學」課程時，指導學生寫作的：

〈顏色〉 自然一 楊智安

綠色是山
白色是雲
藍色是天
黃色是太陽公公的光芒

紅色是奶奶家的屋頂
灰色是年老的牆
褐色是門板
黑色是兩扇窗的框

我拿起調色盤
從遠到近
再由大到小
悄悄仔細的畫上

此詩的最後一節說：「從遠到近／再由大到小／悄悄仔細的畫上」，因此我們可以看到，前兩節中所敘述的每一個物體，都是按照這樣的空間順序而安排的；不只如此，詩中又說：「我拿起調色盤」，所以不論是自然界中的山、雲、天、太陽，還是人事界的奶奶家的屋頂、牆、門板、窗框，作者都為它們敷上色彩，整個世界的色調又柔和又開朗。因此我們可以想見：作者在寫作這首詩時，心情必然是溫柔的，所以他妥妥貼貼的安排了每個景物，並為它們塗上色彩，就像兒時記憶中的模樣。

〈手〉　自然一　楊智安

我用手來堆積木
我用手來抓糖果
唱歌時會拍拍手
愛跟媽媽牽牽手
可是 我的白白的小手
卻常給老師拍紅了

雙手真是萬能啊！手可以堆積木、抓糖果，還可以拍拍手、牽牽手；可是手也有不太好用的時候，那就是「我的白白的小手／卻常給老師拍紅了」，挨了老師的打了，好痛啊！最末二句有一點點埋怨的味道，我們眼前彷彿出現了一個瞪著眼、嘟著嘴的小男孩，好可愛啊！他會乖乖的，老師，您可別再打他呀！

〈小花貓〉　自然一　林祐如

可愛的可愛的小花貓
牠總是對著我喵喵叫
好像是在跟我撒撒嬌
頑皮的頑皮的小花貓
牠喜歡圍著我繞圈圈
好像是在和我玩遊戲

又可愛又頑皮的小花貓，是多麼惹人疼啊！前三句從聽覺入手，描寫小花貓喵喵叫，好像在撒嬌；後三句從視覺著眼，捕捉小花貓圍著小主人繞圈圈的神態，好像要跟人玩遊戲。

〈月亮〉 自然一 陳婉寧

黑黑天空的眼睛
有時
笑瞇成一條小縫隙
有時又睜大了
亮亮的看著我
看著我

月亮是明亮的，好像「黑黑天空的眼睛」，而且因為有時它是彎彎的，所以像是「笑瞇成一條小縫隙」，可是有時它又是圓圓的，那麼它就是：「亮亮的看著我／看著我」。此詩捕捉了月亮的「光」與「形」，予以擬人化，寫得相當有情。

〈我〉 自然一 陳婉寧

據說
媽媽不小心喝到爸爸的口水

以後
就
生出了我

還記得小時候的竊竊私語嗎？不可以和男生牽手喔！牽了手就會懷孕呢！那麼，我是從哪裡來的呢？「據說／媽媽不小心喝到爸爸的口水／以後／就／生出了我」。讓人忍俊不禁。唉，那稚嫩好奇的年紀，那純真年代。

〈春〉自然一　陳婉寧

春天最愛花了
她一來
就把所有的花都叫醒
開花囉

為什麼不是秋天開花、冬天開花？為什麼春天才開花？啊！我知道了，因為「春天最愛花了」，所以，「她一來／就把所有的花都叫醒」，——開花囉！

〈彩虹〉 自然一 李佳芬

紅色是糖葫蘆的顏色
橙色是太陽公公的顏色
黃色是柳橙汁的顏色
綠色是大樹和小草的顏色
藍色是天空的顏色
靛色是藍莓果醬的顏色
紫色是葡萄口味泡泡糖的顏色
彩虹是我夢的顏色

糖葫蘆是紅色，柳橙汁是黃色，藍莓果醬是靛色，葡萄口味泡泡糖是紫色，這些都是我喜歡的零食、我喜歡的顏色。等等！還有呢！太陽公公是橙色，大樹和小草是綠色，天空的顏色是藍色，好多好多漂亮的顏色啊！不過，最最漂亮的是我的夢的顏色——彩虹色。

在這首詩中，作者頗具匠心地，用「紅、橙、黃、綠、藍、靛、紫」七種顏色，帶出七種美好的事物，而且在最後匯歸為一句：「彩虹是我夢的顏色」，其中以「彩虹」收前面的七種色彩，以「夢」收前面的七種美好的事物，不僅呼應得非常圓密，而且又有所發展，全詩的設計頗為成功。

〈時鐘〉　數學一　姜凱倫

時鐘時鐘最勤勞
一天到晚不停跑
但是數學卻不好
每到十二就重繞

時針為什麼這麼勤勞啊？一天到晚不停地在鐘面上跑。時針為什麼不一直跑下去呢？每到十二就重繞一圈。啊！我知道了，那是因為時鐘數學不好，所以數到十二，就數不下去了，只好再來一次。這麼說來，時鐘是不是有點笨呢？

〈躲〉　進修部　張滿祝

狗兒找貓咪

貓咪找老鼠
老鼠找乳酪

什麼是「躲」？我說給你聽，你就知道了。「狗兒找貓咪」，貓咪趕快躲呀！「貓咪找老鼠」，老鼠趕快躲呀！「老鼠找乳酪」，哎喲！換乳酪快快躲了！

兒童詩也面臨著僵化、模仿過甚的的危機。要有效免除這種弊病，在創作時可以特別注意，不要一再襲用「榕樹爺爺」、「小草妹妹」等老套的擬人法；而且在取材、作法上也要翻新，不要老是在類似的題材上打轉，譬如動不動就以媽媽只關心全家人，不顧及自己，來描寫母愛的偉大；同時也不需避諱抒發負面、消極的情感，也就是說，不應「制式」地把孩童打扮得無憂無慮、天真可愛，孩童也是人，他也是有喜怒哀樂的。

另外，也可以從閱讀優秀的詩篇中吸取養分，特別是新詩。本來兒童詩中有一類，就是專指成人所創作的，較為淺顯的、能夠為孩童所欣賞的新詩（參見林文寶、徐守濤、陳正治、蔡尚志合著《兒童文學》），而且詩人精心創作的新詩，在內容及形式上都精練優美，能夠提供很高的審美享受，因此將這類詩篇挑選出來加以介紹，本身就是一件很有意義的工作；更何況，優秀的新詩在寫作手法上，往往有許多可資取法的地方，所以創作者如果能熟悉新詩，對於創作兒童詩而言，也有莫大的裨益。

為什麼會被兒童詩吸引呢？也許我們是不自覺地在兒童詩中，尋找那失落的純真年代。最終或許我們會發現，它其實從未真正失落；每個成人的心靈深處，都住著一個小女孩、小男孩，永遠微微笑著。

畫畫又寫寫

圖像詩寫作練習

什麼是圖像詩呢？圖像詩就是嘗試以圖像的形式來創作一首詩。通常的手法是把文字堆砌成所要表現的圖式，例如用文字堆成一座山形，或是用直立的幾行字象形幾棵樹等等，目的是混合讀與看的經驗，一方面用腦筋，再方面也用眼睛（參考向明《新詩50問》）。

用文字堆成圖像來寫成一首詩，這可是新詩的專利呢！因為古典詩的字數和句數，都有一定的規定，根本不可能有什麼變化，就算是號稱「長短句」的詞，每一句多長、多短，也是規定得好好的，創作者只能照譜填詞。可是，新詩就不然了，不僅字數、句數的多寡，完全由作者掌控，甚至如何排列，也都在作者的管轄權下，如果心血來潮，想把字放大、縮小、加黑、顛倒……，也悉聽尊便。所以，「圖像」就成了創作者發揮創意的另一個途徑，而且是新詩所專有的；既然如此，倘若把這種專利放棄了，豈不是太可惜了嗎？所以，訓練學生寫作圖像詩，也是很值得嘗試的喔！

不過，在寫作之前，先作點功課，看看名家的作品，應該會對自己創作圖像詩，有很大的幫助。底下就是一些詩人所創作的圖像詩：

〈山鳥〉　林彧

守了一整個下午的
鳥，那些山
　　振
翼
　飛
起

在山中看鳥，看著看著，山也像鳥一樣，拍拍翅膀，活起來了！這首詩有趣的地方，就在於後面四行，用四個字排成高高低低的模樣，既像山形起伏，也像翅膀拍動，是全詩的焦點。

〈暮色〉周粲

怎麼逃呢
那逐漸傾斜
終至於
轟
然
倒
下
的
竟不是一面高牆
或者一棵大樹
而是扶也扶不住
扶也扶不住的
暮色

暮色掩至，怎麼逃呢？為了描寫暮色掩至的動態，作者用「逐漸傾斜」來形容，覺得力量還是不夠，乾脆就說是「轟然倒下的」，而且還將這五個字作了特殊的排列，模擬倒下的樣子，在最後才一筆點明，那是「扶也扶不住／扶也扶不住的／暮色」。

〈執著〉　林群盛

睡覺時
總不自覺的
讓身體和床歪成45度
因為
這樣才容易
進
入
妳
的
夢
中

此詩是以「先果後因」的方式組織起來的。作者先說：「睡覺時／總不自覺的讓身體和床歪成45度」，然後才說明為什麼？那是「因為／這樣才容易／進／入／妳／的／夢／中」，為了強調出原因，最後六個字原本可以只寫成一行的，現在不僅一個字獨立成一行，而且還排成45度角，以呼應前面的「讓身體和床歪成45度」，這樣的做法，當然會讓讀者留下深刻的印象。

〈水牛圖〉（節選）　詹冰

角　　角
黑

擺動黑字型的臉
同心圓的波紋就繼續地擴開

作者在兩邊擺上兩隻「角」，中間用一個放大加黑的「黑」字，模擬水牛的臉，同時兼用文字的「形」與「義」，讓水牛的形象呼之欲出；所以接著二句：「擺動黑字型的臉／同心圓的波紋就繼續地擴開」，水牛搖頭晃腦的模樣，可真是生動極了。

〈流浪者〉（節選） 白萩

望著遠方的雲的一株絲杉
望著雲的一株絲杉
一株絲杉
絲杉

在
地
平
線
上
一株絲杉
在
地

平　線　上

首節用直行的的句子來狀擬絲杉的形體，但是句子越來越短，暗示的是距離越拉越遠，因此絲杉好像越來越渺小。次節則承接著繼續發展，好像從極遠的地方遙望著，所以眼前出現的是遼遠的地平線，而一株絲杉孤零零的突立在地平線上。藉著距離的拉遠，絲杉形體的變化，流浪孤寂的感覺彷彿充溢在紙面上，讓人在心底也起了寂寥之感。

以下即是筆者所任教的大一通識課程「閱讀與寫作」中，學生針對「圖像詩」這個主題，所創作出來的作品：

〈孤獨〉 自然一 蔡欣翰

人
人
人
人人
人
人
人

人

右邊用好多「人」字，堆成一個大大的「人」字，我們可以想到，作者意欲以此來表達：好多好多的人啊！可是，等一等，最左邊的地方，還有一個小小的「人」，為什麼呢？隔得遠遠的，孤零零的，真是「孤獨」啊！

〈山〉　數學一　張家璇

卻
要留
說堅我
你得定孤
對不孤
移單
單

山是靜定的，絕不移動的，所以常常被當作是堅定的象徵。可是山既然不能移動，那麼也就不能遷就任何人、親近任何人了！所以作者忍不住發出「卻留我孤孤單單」的怨嘆。作者別具巧思的將「山」作了一體兩面的詮釋，而且還用字體堆出一個山形，輕易抓住了讀者的目光。

〈天與海〉 特教一 施嘉吟

看見了
遠方的彩虹
紅 紅
橙 橙
黃 黃
綠 綠
藍 藍
靛 靛
紫 紫

彩虹是一個媒介，連接了「天」與「海」！作者用「紅橙黃綠藍靛紫」排列成一彎虹，所以天上有一彎虹，倒映在海上，海上也出現了一彎虹。海天相接的地方，也是虹與虹相接的地方，是那麼遙遠，又是那麼燦爛，讓人心嚮神往。

〈躲〉 特教一 施嘉吟

隔著

牆牆牆牆牆牆

什麼是躲呢？那就是「隔著／牆牆牆牆牆牆」。作者以六個「牆」字，堆成一道「牆」，形象化的表現出「牆」的隔閡。

〈風車〉 自然一 廖郡婉

轉　動

轉　動

絢爛白光用迴旋之姿舞出

轉動

轉　動

以指縫織就流浪因子

題目是〈風車〉，所以作者抓住風車最顯著的特色——轉動，來繪出風車旋轉的葉片，而風車的柄，就是「絢爛白光用迴旋之姿舞出」，點出了風車轉動時，所會產生的效果。最末綴上一句：「以指縫織就流浪因子」，則是讓人想到流動的風、擎著風車的手。整首詩篇的安排可說是煞費苦心。

〈彎月〉 特教一 余典翰

一
個
淺
淺
的
笑
安慰了多少人的心

「一個淺淺的笑」，排列成一個往上翹起的弧形，既像彎月，又像微笑，兩者的共同點在於：「安慰了多少人的心」。

〈老人〉英語一　杜秋霞

歲月刻在臉上
遍體鱗傷的牙
搖
　搖
　　欲
　　　墜
漸漸……
耳朵拒絕遠方的訪客

作者以老人為主角，因此選取老人的三個特點：多皺的臉、搖動的牙、重聽的耳來描繪，而在描寫牙齒衰朽易落時，作者用了「搖搖欲墜」一詞，而且作了特殊的排列，造成了「圖像」的效果。

圖像詩是很容易吸引注目眼光的，而且一般說來，學生對此也會特別興致勃勃，因為好玩嘛！不過因為要造成圖象，所以文字必須配合造型，因此意義的部分有時會受到損傷和限制，這是圖象詩可能會有的缺陷，特別是對初學者而言，更是容易犯這個錯誤。所以要特別提醒學生：不要「玩得過火」，畢竟文學不像繪畫，主要能事並不在造成圖像，圖像充其量不過是一種輔助而已。

不過，話又說回來，充分的運用每個要素來表現，不就是一種「精益求精」的努力嗎？所以熟悉圖像詩，也是很必要的喔！

自畫像

自敘詩寫作練習

「我」是誰？「我」是怎麼樣的一個人？「我」特別嗎？……這些問題想必曾在所有人的心中湧起過，也許還曾被深深地困擾過；成人尚且如此，更何況是正處於青春期的學生呢？他們想要認識自己、探索自己，卻又常常為迷惘和焦慮所苦，追問到後來，往往還是那麼一個問號：「我」是誰？

所以，讓學生執起筆管，藉著詩句來描繪出一幅「自畫像」，是一項相當有趣，也相當有意義的寫作練習。不過，在他們開始動筆之前，先選讀一些描寫「我的化身」的優美詩篇，以收「取法乎上」的效果，應該是比較理想的；而且，因為不希望造成「字模句擬」的結果，所以最好避免只選介一首詩篇。底下所介紹的三首詩篇裡，胡適自擬為「老鴉」，紀弦是酷斃了的「狼」，劉克襄的「魚」就是「我」；它們都是作者的化身，栩栩然地刻畫出作者獨特的身影。

〈老鴉〉 胡適

一

我大清早起，
站在人家屋角上啞啞的啼。
人家討嫌我，說我不吉利；
我不能呢呢喃喃討人家的歡喜！

二

天寒風緊，無枝可棲。
我整日裡飛去飛回，整日裡又寒又飢。
我不能帶著鞘兒，翁翁央央的替人家飛；
也不能叫人家繫在竹竿頭，賺一把小黃米！

其結構分析表如下：

因─┬─敘─┬─因：「我大清早起」二行
　　│　　└─果：「人家討嫌我」
　　└─論：「我不能呢呢喃喃討人家的歡喜」
果─┬─敘：「天寒風緊」二行
　　└─論：「我不能帶著鞘兒」二行

賞析：

此詩全篇都將老鴉擬人化，並藉由老鴉之口自白心事，因而使此詩成為隱喻詩篇，間接地流露出作者的姿采──一位民主先知的造像。

首節前三行，由因及果地敘說了老鴉因為大清早起來啞啞地啼，擾人清夢，所以招人嫌惡（此為敘述）；可是面對這種狀況，老鴉卻認為：「我不能呢呢喃喃討人家的歡喜」，藉著「呢呢喃喃討人家的歡喜」一語，暗暗貶斥了一些隨俗諂媚、同聲附和的小人，同時說「我不能」，更為凸顯出老鴉對「人家」的不喜歡置之不理，完全是一派為所當為、義無反顧的姿態（此為議論）。

隨後在次節中，作者描繪老鴉因為有所堅持、不討人喜，所以處境更形窘迫了：「天寒風緊，無枝可棲。／我整日裡飛去飛回，整日裡又寒又飢。」十分孤絕，但又十分堅貞，老鴉的形象更為凸出（此為敘述）。但是就算付出如此大的代價，老鴉仍然堅持他的原則，認為：「我不能帶著鞘兒，翁翁央央的替人家飛；／不能叫人家繫在竹竿頭，賺一把小黃米！」前者意指老鴉不能像鴿子一般帶著鞘兒，任「人家」擺佈，後者則指老鴉也不能像某些鳥為了口糧，就讓「人家」繫在竹竿頭，失去自己的自尊；最後兩行強烈的自訴，可說是和盤托出老鴉的心境（此為議論）。

在整首詩篇中，「人家」一語出現了五次，代表著外界強大的壓力與壓迫；而且「呢呢喃喃討人家的歡喜」、「帶著鞘兒，翁翁央央的替人家飛」、「繫在竹竿頭，賺一把小黃米」，又代表著另外一類作者所不屑的人。然而，遭遇「人家」的冷待，老鴉不低頭，面對「呢呢喃喃」之流，老鴉不屑附和，老鴉自覺的走著自己選擇的路，也許孤獨，但是卻絕對清醒（參見《中國新詩賞析》、林明德賞析）。

〈狼之獨步〉 紀弦

我乃曠野裡獨來獨往的一匹狼。
不是先知，沒有半個字的嘆息。
而恆以數聲淒厲已極之長嚎
搖撼彼空無一物之天地，

使天地戰慄如同發了瘧疾；
並颳起涼風颯颯的，颯颯颯颯的：
這就是一種過癮。

其結構分析表如下：

底（無聲）：「我乃曠野裡獨來獨往的一匹狼」二行
圖（有聲）
　因：「而恆以數聲淒厲已極之長嚎」四行
　果：「這就是一種過癮」

賞析：

詩篇一開始，作者就凜然宣示：「我乃曠野裡獨來獨往的一匹狼」，曠野如此遼闊，而狼獨來獨往，剽悍之姿，可說是躍然紙上。接著說狼「不是先知」，先知是要覺後知的，那種呶呶不休的神態，遠非作者所喜，而且也與狼孤傲的形象相衝突，因此需要先聲明一下：絕對不是。然後說「沒有半個字的嘆息」，嘆息？那可是弱者的專利，因此絕對不會聽到狼吐出「半個字的嘆息」。所以作者在起始的兩行，藉著狼的「無聲」，深深的描繪出狼的傲岸與孤獨。

然而，前面強調「無聲」，卻是為了凸顯出後面的「有聲」。作者選取了狼長嚎的姿態，痛快淋漓的摹繪出出狼的狂野與力量，那就是「而恆以數聲淒厲已極之長嚎／搖撼彼空無一物之天地」，天地如此巨大，但在狼的眼中看來，卻是空無一物，而這巨大的空無一物的天地，輕易的被狼的淒厲長嚎所搖撼了；不只如此，還「使天地戰慄如同發了瘧疾；／並颳起涼風颯颯的，颯颯颯颯的」，狼無與倫比、睥睨一切的氣魄，令人心弦也為之震顫。而這些，作者只用了乾淨俐落的一句話來收束：「這就是一種過癮」，真是酷到極點。

作者選了「狼」作為自己的化身，並且深刻的為狼造像，前面寫狼之無聲，事實上是在刻畫狼之孤傲，接著寫狼之有聲，那是在強調狼之力量；而且狼之孤傲是作為陪襯（底），目的在烘托出狼之力量（圖），則狼之獨步，真可說是「舉輕若重」，跺跺腳，世界就要翻兩番了。這就是狼。

〈圖畫〉　劉克襄

小時後我的魚就長滿了牙
紅紅綠綠，兇猛活潑

我長大，魚也長大

越來越溫順
牙存兩三顆
身上也剩黑白的顏色

其結構分析表如下：

昔：「小時後我的魚就長滿了牙」二行
今
　因：「我長大，魚也長大」
　果：「越來越溫順」三行

賞析：

小時候，「我的魚」是「兇猛活潑」的，表現於外表上，就是「長滿了牙」，並且在身上繪著「紅紅綠綠」的鮮豔色彩。

等到自己長大了，魚也跟著長大，因此「越來越溫順」，表現於外在上，那就是「牙存兩三顆／身上也剩黑白的顏色」。

由「長滿了牙」到「牙存兩三顆」，由「紅紅綠綠」到「身上也剩黑白的顏色」，具體地描繪出「我的魚」，從「兇猛活潑」轉變為「越來越溫順」。而且，展讀至此，我們也體會到作者何止是在寫「我的魚」呢？這是作者在寫自身成長（或成熟？）的感喟啊！那是一種什麼滋味呢？真是如人飲水，冷暖自知了。

其下所錄的作品，均採自筆者所教授之大一通識課程：「閱讀與寫作」，課堂上之學生習作：

〈候鳥〉　數學一　洪郁雯

季節是牢籠
無法逃脫
我是一隻叛逃的候鳥
北方的冬夜中
守著一朵朵
飄
雪

洪郁雯〈候鳥〉描寫一隻不換季的候鳥，堅守著北方冬夜的嚴寒，從中道出作者孤高的心志，語言掌控頗為老練，所展現的境界不俗，算是不錯的作品。

〈夜照〉　數學一　許裕晟

我是潛伏於黑夜中的豹
在過於耀眼的陽光下
只能偽裝成貓
並不在乎
同伴的位置
自己的外貌
也不改變
僅存的自傲

許裕晟〈夜照〉的首三句，一下子就吸引住讀者的目光，隨後娓娓道來，令人想見作者的自尊。

〈柳〉　體育一　廖志宏

土的沉重
令我喘不過氣
如今
破土而出
因風而折腰
因雨而垂頭
仍
傲立

廖志宏〈柳〉則藉著柳的茁長與姿態，寫出面對世界時，自己的變與不變。

〈烏龜〉　自然一　林怡萱

一
我

慢吞吞
跟不上別人
學著祖先與兔子的競賽
有一天
會追上前面的隊伍

二
遇到攻擊
雖然會躲入殼裡
但仍勇敢
向前邁進

林怡萱〈烏龜〉巧妙化用了「龜兔賽跑」與「縮頭烏龜」的典故，讓人發出會心的一笑，而且也領會了作者的深意。

〈比目魚〉　美教一　林怡瑄

深海中的一尾比目魚

潛伏在黝暗中
　用海砂隱藏身影
靜靜地貼緊大地
　聆聽世界的聲音
漩渦　急流　狂風　暴雨
不停地
蛻去覆蓋著的保護層
等待
那劃開海面的陽光
斜斜地
　　照映進來
最後
　那雙奇異的眼
　　才被發現

林怡瑄〈比目魚〉取材別致，前面寫比目魚的潛伏，最末二行才畫龍點睛，比目魚「那雙奇異的眼」，留予人深刻的印象。

〈蝸牛〉　特教一　余典翰

小房子
我駝著走路
一點點
向前挪
遇著危險
把頭一縮
它是永遠的避風港

余典翰〈蝸牛〉以童稚的筆觸，摹繪出蝸牛的神態，看似懦弱，卻有著永不放棄的堅持，作者就在其中暗寓自己。

抓住你了

詠物詩寫作練習

什麼是詠物詩呢？顧名思義，那就是以「物」為描寫對象的詩，而且這個「物」是包含自然物與人造物的。那麼，我們為什麼要寫作詠物詩呢？蕭蕭《中學生現代詩手冊》中對此有一番說明：「首先，詩人內心世界往往受到外物的牽引。……其次，詩人內在的心靈活動是抽象而不能探知的，也必須藉外物來傳達。」可見得「心」與「物」之間是可以相交流、相溝通的。因此，我們也就可以了解，所謂的詠物詩，並非只是機械地描摹事物外形而已，所以蕭蕭又說：「最基本的，當然要寫出物的外形實象，然後再探求物的內在精神，並且能與作者的生命體認相配合。」能夠符合上面的要求，才能算是形神兼備的好作品。

底下所列的兩首詩是胡適〈一顆星兒〉和冰心〈春水——六五〉，兩者都是以「一顆星兒」為題材，但是「巧妙各有不同」，從中或可窺知詠物詩的寫作訣竅：

〈一顆星兒〉 胡適

我喜歡你這顆頂大的星兒。
可惜我叫不出你的名字。
平日月明時，月光遮盡了滿天星，總不能遮住你。
今天風雨後，悶沉沉的天氣，
我望遍天邊，尋不見一點半點光明，
回轉頭來，
只有你在那楊柳高頭依舊亮晶晶地。

其結構分析表如下：

- 果：「我喜歡你這顆頂大的星兒」二行
- 因
  - 晴：「平日月明時」行
  - 雨
    - 收：「今天風雨後」二行
    - 縱：「回轉頭來」二行

詩篇一開始，作者就說：「我喜歡你這顆頂大的星兒。／可惜我叫不出你的名字。」一顆無名的星星，逗起了作者的注意與欣賞。可是為什麼呢？作者在後面才說明原因。原因有兩個，第一個原因是：「平日月明時，月光遮盡了滿天星，總不能遮住你。」這是天晴時的景象。第二個原因是：「今天風雨後，悶沉沉的天氣，／我望遍天邊，／不見一點半點光明，／回轉頭來，／只有你在那楊柳高頭依舊亮晶晶地。」作者先一「收」，接著再「縱」一筆，則天雨後星兒獨特的光采，就盡在此中了。

所以我們可以知道，作者為何會獨鍾這顆星兒了！因為不管天候如何，這顆星兒始終高懸在天邊，散發著光采。這個特色深深的吸引了作者，這種永恆的輝耀，彷彿象徵著某種永恆的東西（理想？信仰？或是其他？），令作者神往不已。所以作者雖然在題目中說明，他所歌詠的對象是「一顆星兒」，但是我們知道，絕非如此而已。

〈春水——六五〉 冰心

只是一顆星罷了！
在無邊的黑暗裡
已寫盡了宇宙的寂寞。

其結構分析表如下：

「抑：「只是一顆星罷了」
「揚：「在無邊的黑暗裡」二行

一顆小小的星，點亮了宇宙的寂寞。

詩篇一開始：「只是一顆星罷了」，將這顆星兒形容得微不足道，但是一「抑」的目的，是為了其後的高高「揚」起。因此接著的兩句：「在無邊的黑暗裡／已寫盡了宇宙的寂寞」，一顆小小的星兒，彷彿凝聚了浩瀚宇宙的所有寂寞，所以，能說這顆星兒是微小的嗎？

作者深諳「欲揚則先抑」的道理，因此一顆小小的星兒，在作者的筆下，卻彷彿具有無比的份量。

從前面的賞析中看來，我們知道胡適〈一顆星兒〉和冰心〈春水——六五〉都是歌誦一顆小小的星星，而且都是著眼於星星的光芒上來描寫，但是前者捕捉的是星星在任何天候之下，都會散發永恆的輝光，以此來象徵心中的信念；而後者則是藉著宇宙的「黑」，來凸顯出星星的「光」，而從這一點光芒中，道出了宇宙的龐闊與寂寥。

所以，同樣是寫星星，卻是「同中有異」；「同」的部分，是對「物」的外形的捕捉、描摹，「異」的部分，那就是作者獨特的體認了。換句話來說，「同」的部分是「形」，「異」的部分是「神」，在對「形」的描繪中，作者可以展現他觀察、描寫的功力，而對「神」

的掌握，則有賴於平日的涵養，從中可以窺知作者的生命特質、精神境界，而能夠同時具備這兩者，才算是「形神兼備」的詠物詩。

其下所列的詠物詩，是筆者任教大一通識課程「閱讀與寫作」時，指導學生創作的，所歌詠的對象不一而足，從作品的檢討中，我們或者可以瞭解在指導學生創作詠物詩時，所必須注意的事項：

〈星〉　語教一　張柏瑜

一把銀鑰匙
鎖住了
億萬光年的想望

經歷過現代科學知識的洗禮，我們知道：因為宇宙的極端遼闊，所以我們所看到的星星的光芒，很可能是億萬年前放射出來的；所以我們對星星的仰望，也可說是穿越了億萬年的時間。作者抓住這一點，將它描摹成：「一把銀鑰匙／鎖住了／億萬光年的想望」，詩思瑰麗精緻，又能傳達出時空悠悠的感受，是非常美的一首詩。

〈海〉 音教一 李金憙

沐浴於深藍之中
一片平靜

海的顏色的深藍的，而深藍通常又予人平靜之感，所以作者抓住這一點，將大海賦予了平靜的特質，寫出這首雋永的小詩。

〈墓園〉 數學一 洪郁雯

死亡
就睡在
一個個的酒窩裡
甜甜地
冷笑著

此詩將墓地比喻成「一個個的酒窩」，然後將「死亡」與「酒窩」的特質揉合起來，說是墓園在「甜甜地／冷笑著」。這樣的描寫，因為「反常」，所以留給人深刻的印象。

〈淚〉　特教一　張偉恩

我寫了個透明的怨
掛在眼角的頂點
妳
是否看得見

眼角的淚，是透明的，眼角的淚，也是哀怨的，因此作者說：「我寫了個透明的怨／掛在眼角的頂點」。接著的兩句，則是點明了淚從何來？怨從何來？——那是因為「妳」的緣故。

〈海星〉　自然一　蔡欣翰

是什麼
令你流落至此
閃亮　迷人　已不復現

靜靜地在湛藍裡
嘆息

天上的星，掉到海中，就成了海星？作者由「海星」的名與形出發，產生了這個迷人的聯想。而且因為「閃亮　迷人　已不復現」，所以海星「靜靜地在湛藍裡／嘆息」，這樣的描寫，讓人覺得海星也是很有情的。

〈隕石〉　特教一　賴薇安

撞
是依附
更是傷痛

對於隕石，作者快手捕捉了最顯眼的特色——「撞」，然後賦予別具心眼的詮釋：「是依附／更是傷痛」，簡潔有力，涵義深永。

〈月光〉 特教一 張偉恩

眼前是一灘輕柔的酒漬
越想擦拭就越有鄉愁
連頭髮都被思念染白了

月光如酒，引人鄉愁；月光如霜，映人髮絲。所謂「床前明月光」，所謂「明月最相思」，都活現在這首詩篇中了。

〈髮〉 語教一 陳韻帆

太沉的黑
托不住夢想
蓄藏了一季的憂傷
調和上冬的月光
封箱
呵護成

緞緞寶藏

全詩著眼於髮的「黑」來發揮。「黑」是因為「托不住夢想」，「黑」是因為「蓄藏了一季的憂傷」，所以，面對這樣的「黑」，那就應該「調和上冬的月光／封箱」，然後「呵護成／緞緞寶藏」。全首詩篇很有一種古典浪漫的韻味。

〈星〉　語教一　陳晉賢

數以萬計的魚卵
在一箱深黑中
孵化為半透明的海月水母

星星們在夜之海中載浮載沉，透著微微的幽光……。這首詩太美了！令人沉醉、無語。

〈葉〉　英語一　江翊伶

綠
熬不過秋

一夜成楓

到了秋天，楓葉就會變紅了，這是所有人都知道的自然現象，好像再普通也不過了。可是在作者的巧思點染下，變成「綠／熬不過秋／一夜成楓」，顯得鮮活極了。

〈流星〉　英語一　杜秋霞

雙手祈禱
幸福
脫隊的你帶來的

合十祈禱時，一眼瞥見那脫隊的星，帶來了幸福。對「流星」的描寫，非常有情。

〈月牙泉〉　數學一　洪郁雯

呼嘯的風
黃沙滾了滿天

眼瞳中
海市蜃樓兀地出現
碧透的彎月
靜靜臥在黃沙中
彎月啊
在這亙古不變的容顏裡
你心酸的淚水
只成一道湧泉
湧出清冽的 遊者的
希望

漠漠黃沙中，那「碧透的彎月」，是遊者唯一的希望。作者抓住這一點來描寫，氣氛的醞釀足，很能夠傳達出「月牙泉」的特殊風情。

詠物詩相當適合初學者來練習寫作。因為「物」是具象的，所以比較好掌握，而且「物」

的某些特點，也容易引起寫作者的聯想，很容易寄託情感、理想，所以算是相當好入手的。不過，在寫作時，也有一些需要注意的地方。

一般說來，每個事物都有許多特點，都可以成為描寫的重心，譬如以「星星」來說，可以描寫它的光芒、它的閃爍、它的繁多、它的微小、它與黑夜形成的反襯、它的墜落（流星、隕石）……等等，可是，如果想要「一網打盡」，把它描寫得「淋漓盡致」的話，卻不是一個好的做法，因為這樣很容易顯得冗贅繁雜，失去焦點，尤其對初學者而言，語言的掌控力還有待鍛鍊，更應該只捕捉一、二特點，作精練的描寫，才不容易失誤。從上列的學生習作中看來，應該可以肯定學生的心思是相當敏銳的，所以可以從普通的物象中，看出那一點點不同，然後賦予精心的描寫。

此外，蕭蕭《中學生現代詩手冊》中提到：「詠物詩的題材極多，分類亦繁，一個初學者應該要先從身邊的事寫起，才不會亂打高空，才有真實感。」大體上，這個說法是很值得參考的，不過也並非一定如此，譬如前面所列的詩篇中，有描寫「月牙泉」、「隕石」、「海星」、「流星」的，這些都不是日常生活中可以時時看到的事物。所以，我們也許可以稍稍修改為：初學者應該就自己「最有感覺」的事物開始寫起，才比較容易有特別的體會，才會寫出真切有情的詠物詩。

所謂「萬物有情」，從詠物詩的寫作中，最能夠體會這一點。想想看！能夠從平常的事物中，看出那一點點不平常，這可真得佩服自己的觀察力了！而且這一點點不平常，又會引起自己多少的感觸啊！所以，展眼望去，那許許多多的景物，好像也變成活生生的，正在跟自己呢呢喃喃的說著話呢！

我思考

哲理詩寫作練習

前兩年電視劇「人間四月天」帶起了一股「著摩熱」，順帶地也讓一位皤鬚老翁重新受到年輕學子的注意，那就是榮獲一九一三年諾貝爾文學獎，並曾於一九二四年來華訪問的詩哲泰戈爾。

泰翁思想脫胎於古印度的奧義書，但融合了西洋哲學和基督教義，把古印度思想予以新的解釋，而成為現代化了的東方思想。他痛貶西方思想沉淪於物質主義，表現為分隔、排他、從事征服的堡壘文明；但同時他也反對印度的階級制度。他所謂的「神」或「梵」，就是宇宙的大生命、大法則，遍在於一切事物之內，也遍佈於我們自身之內，我們體認萬有的愛，不絕地進化創造，來融入於宇宙大生命之中，才能得到「生之實現」。他把這些思想融入了詩篇之中，使他的詩篇充滿了真理與愛，而讓他有了「詩哲」的稱號（參考糜文開主譯《泰戈爾詩集》之「泰戈爾小傳」）。

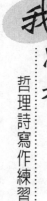

泰戈爾《漂鳥集》可說是其詩集中的雋品，共收三二六則詩篇，其小詩的體製，甚至曾引起二、三〇年代冰心女士等人寫作小詩的風潮；就算是以新世紀的眼光來看，其瑰麗雋永的詩句，仍深深地吸引著新一代的讀者。茲略舉數例如下：

之三

世界在愛人面前把他龐大的面具卸下。
它變成渺小得像一支歌，像一個永恆的接吻。

之十六

今晨我坐在我的窗口，世界像一個過路人在那裡停留片刻，向我點點頭又走開了。

之三六

瀑布唱道：「得到自由時我便唱出歌來了。」

之八二

讓生時麗似夏花，死時美如秋葉。

之八八
露水對湖沼說：「你是蓮葉下面的大水滴，我是蓮葉下面的小水滴。」

之一三三
葉兒在戀愛時變成花。
花兒在崇拜時變成果。

之二〇〇
燃燒的木頭一面噴射著火焰，一面喊道，——「這是我的花，這是我的死。」

這些閃爍智慧之光的短短的詩篇，是多麼讓人喜愛呀！在從事新詩教學時，這些都是很好的教材，而且不只限於欣賞而已，還可以要求學生也模仿來創作「哲理詩」。底下所列的詩作，即是筆者任教大一通識課程「閱讀與寫作」時，指導學生創作出來的成果：

〈月光〉 音教一 劉慧文

多少人仰望你的風采
可惜的
他們卻不懂
夜的黑

這是一個太平淺的道理：沒有夜的黑，就看不出月的光。可是，我們何嘗感謝過黑夜呢？

〈追〉 英語一 江翊伶

心靈對於超越的渴望

我在追什麼呢？我追求的是——超越。

〈葉〉英語一　杜秋霞

有了襯托
花
才是花

俗語說得好：「紅花雖美，還須綠葉扶持。」這個想法演繹成詩，那就是：「有了襯托／花／才是花」。

〈花〉英語一　蘇郁嵐

一瓣兩瓣三瓣
包圍
生命的起點

從生物學來說，花朵是植物的性器官，尤其是授粉的花蕊，那其實是生命的源頭。所以，難道不是如此嗎?那「一瓣兩瓣三瓣」所「包圍」的，是「生命的起點」。

〈青春〉 英語一 吳佳潔

詠吟
康定情歌
沙漏仍
不停
墜

讓人多麼著急啊！嚐味著愛情的甜美，可是時光之沙不停地流失……。然而，這就是青春啊！

〈紅〉 音教一 李金憙

琦麗的天氣
燦爛的笑容
充實的人生

多麼明朗啊！這就是紅！

〈愛情〉 音教一 李金熹

青澀的綠
絢爛的紅
樸實的褐
最後終究回到
純潔的白

親愛的，要我說愛情嗎？我們一同經歷過「青澀的綠／絢爛的紅／樸實的褐」，可是「最後終究回到／純潔的白」。這就是我要的愛情。

〈躲〉 音教一 劉慧文

你在哪裡？
我在你的害怕裡。

什麼是「躲」？那是「害怕」的雙胞姊妹呀！

〈奔〉 音教一 劉慧文

釋放所有的精力去追求

我精力充沛，我追求，我奔。

〈零〉 數學一 陳嬿婷

重來
沒有任何汙點
沒有豐功偉績
所有的一切
全從這裡起跳

所有的一切乘以零，結果都是零。神奇的「零」，讓「所有的一切／全從這裡起跳」。

〈白〉　數學一　陳嫵婷

你不懂
我的希望
我不懂
你的絕望

什麼叫做「一體兩面」呢？那是白，希望的白、絕望的白，都是白。

〈躲〉　數學一　陳嫵婷

害怕了
緊張了
所以
我選擇了最愚蠢的方法

真的非常抱歉，我躲了。那是因為「害怕了／緊張了」，「所以／我選擇了最愚蠢的方法」。你說，我是懦夫嗎？

〈躲〉　特教一　王怡蓁

站在影子裡
自欺
也欺你

「躲」是一個欺騙的遊戲。可是，我欺騙的不只是你，還有我自己……

〈娃娃的悲劇〉　美教一　黃華君

狂怒
卻仍
……………靜

能夠行動，就可以改變。但我卻是一個徹頭徹尾的悲劇，我「狂怒」，但是仍然「……
……靜」。你不會看見我流淚，因為我連流淚的權利都沒有。

〈老人〉　語教一　張柏瑜

沙漏中　年華篩過
攢聚成
了悟

所謂逝水，總會在石上、沙上留下波紋。而「沙漏中　年華篩過」，留下的是什麼呢？那是「了悟」。

在寫作哲理詩時，「質木無文」、「淡乎寡味」是千萬要避免的，哲理詩和格言的差異，就在這一點點不同上。觀諸學生的作品，其實有些也難免上述的缺點，這表示改進的空間還很大。可是，哲理詩的寫作還是非常值得提倡的，因為時下流行的「輕薄短小」，常常少了那麼一點「厚」的感覺，所以常予人不耐咀嚼之感。可是這兩者並非必然是相悖的，嘗試著融入自己體會出來的思想，詩的質感就不同了。

我思考，故我寫詩。信哉斯言！

我戀愛
愛情詩寫作練習

寫作這篇文章時，電視剛好在強打韓劇「藍色生死戀」以及「冬季戀歌」，廣告的標題就是「永恆的戀人絮語」，唯美的畫面配上動人的台詞，真是讓人不感動也難，也令人再一次地體會到：「愛情」果真是所有藝術共通的母題啊！

以文字為表現媒介的文學，當然也不例外，歷數古今中外的文學作品，最撼動人心的，往往是在歌詠愛情。而且學生正值青春期，對愛情擁有無限美好的憧憬，所以也更能體味愛情詩篇中那種細膩幽微的描寫，所以愛情詩的欣賞與寫作，應該是相當能吸引學生的一個主題吧！

針對愛情詩的欣賞來說，和泉式部〈短歌六首〉語言明晰易懂，情感熱烈真摯，應該是相當適合介紹給學生的（選自陳黎、張芬齡《世界情詩名作一〇〇首》）。

〈短歌六首〉 和泉式部

獨臥，我的黑髮
散亂，
我渴望那最初
梳它
的人。

＊

被愛所浸，被雨水所浸，
如果有人問你
什麼打濕了
你的袖子，
你要怎麼說？

＊

快來吧，
這些花一開

即落，
這世界的存在
有如花朵上露珠的光澤。

*

渴望見到他，渴望
被他見到——
他若是每日早晨
我面對的鏡子
就好了。

*

竹葉上的
露珠，逗留得
都比你久——
拂曉消失
無蹤的你！

*

久候的那人如果
真來了，我該怎麼辦？
今晨的花園鋪滿雪，
太美了，
不忍見足印玷汙它。

和泉式部是一日本女詩人，她所創作的這六首短歌，纖柔敏感，每一首詩都活現了愛情中的一個場景，一份幽微的心思。第一首詩點出「獨臥」，而且「黑髮散亂」，這本來就是引人遐想的畫面，況且又幽幽道出：「我渴望那最初／梳它／的人。」更是幽艷入骨。第二首詩則是描述幽會後那種起伏的心情，滿足中又有些許的不安。第三首則以花開即落，來譬喻愛情的美好與易逝，頗有「花開堪折直須折」的況味。第四首描述的是渴望對方的心情，以一個奇想來傳達：「他若是每日早晨／我面對的鏡子／就好了。」第五首似乎帶點埋怨的語氣：「竹葉上的／露珠，逗留得／都比你久」，就是一副戀愛中女人的嬌態。第六首自問道：「久候的那人如果／真來了，我該怎麼辦？」而且又加了一筆：「今晨的花園鋪滿雪，／太美了，／不忍見足印玷汙它。」實則答案早在作者心中，只是迂迴地不肯道出罷了。

看過了〈短歌六首〉之後，就可以請學生也試著來描摹愛情的樣貌。底下所列的詩作，都是筆者所指導的大一通識課程「閱讀與寫作」，班上同學的創作成果：

〈愛情〉　語教一　許馨云

渴望
長居你
幽深的
眸裡

從愛人的眼瞳裡看到自己的倒影……，真是令人心醉的情景。所以作者把它化成了一首詩，刻畫出所有懷春少女的渴望。

〈愛情〉　語教一　張柏瑜

所謂
幸福的封口
一種黏度
膠著於、、

我把幸福封起來了，那是最強最強的黏度，那是——愛情。

〈愛情〉 英語一 杜秋霞

我的雙手
冰冷
期待那最初
溫暖它
的人

多年以前，有一首民歌是這樣唱的：「你那好冷的小手／我要使它溫暖」。溫暖我的小手的那雙大手，是少女心中最深的記憶，最熱烈的期待。

〈抉擇〉 英語一 陳盈均

旋轉咖啡杯上
心
被矛盾扯成兩瓣

彷彿坐在「旋轉咖啡杯上」，天旋地轉，不知如何是好，我的心「被矛盾扯成兩瓣」。愛情的苦惱，真是苦惱極了啊！

〈羞〉　音教一　李金憙

有人問：
看不見的
是不是就不存在了⋯

無頭緒
是膽怯嗎？
還是想逃避？
只能故作羞態來回答吧⋯

「有人問」，那是你在問啊！什麼東西是看不見，可是明明存在著呢？我該怎麼回答呢？「故作羞態」就是最好的回答了。

〈愛情〉　音教一　劉慧文

一旦中了邱比特的箭
十個大力士
也拔不出來了

愛情的力量好大啊！到底有多大呢？作者作了一個測量：「一旦中了邱比特的箭／十個大力士／也拔不出來了」，簡簡單單、乾乾淨淨的三句話，完全傳達了愛情力量的巨大。

〈愛情〉　特教一　張偉恩

用一千隻紙鶴搭起鵲橋
我折了九百九十九隻
卻差了一隻
妳手中的

七夕，中國的情人節，牛郎織女要相會了，鵲兒呀！趕快去搭起鵲橋呀！作者化用這個古老的典故，而且向東洋借來摺紙鶴的習俗，寫成了這首詩，最末二句：「卻差了一隻／妳手中的」，彷彿幽幽的喟嘆，為全詩造成跌宕的效果。

〈奔〉　自然一　蔡欣翰

為了
　遠在天邊的妳

為何而奔？作者說：「為了／遠在天邊的妳」。因此，那個奔跑的身影，顯得非常動人。

〈愛情〉　社教一　陳孟君

看不到起點
找不到出口
兩個同心圓

我「看不到起點」，也「找不到出口」，為什麼呢？因為我們就是「兩個同心圓」啊！

〈承諾〉　數學一　陳嫵婷

這不是證書
只是存在
你我之間的：
　秘密

用文字寫成的，並非一定就是證書；因為只有我們兩人看得懂，所以，這是——秘密。

〈幸福〉　數學一　陳嫵婷

翻遍了全世界
才發現
你在我身邊

什麼是幸福呢？那就是「翻遍了全世界／才發現／你在我身邊」。真的，好幸福啊！

〈躲〉 體育一 蔡宜君

你用了世上
最輕最輕
的腳步
躲進我心裡

愛情什麼時候佔據了我的心呢？我不知道，因為愛情的腳步「最輕最輕」，那是「躲」呀！

〈愛情〉 數學一 張家璇

滿桌數學 有解
滿心感覺 無解

一個生活即景，點出了愛情的苦惱。這是人類永遠無解的習題呀！

〈紅〉 自然一 林怡萱

燃燒的玫瑰
在女孩心中
開始
蔓延

紅艷艷的玫瑰，彷彿在燃燒，而且以燎原之火的氣勢，「在女孩心中／開始／蔓延」。那灼熱的溫度，就是愛情的溫度。

〈愛情〉 特教一 王怡蓁

朋友壓住你的心…
變青色…
變澀…
他就來

很有趣的一首詩。朋友會壓住自己的心，心會變青色、變澀……，這時候，「他就來」。他來了，愛情來了。

展讀學生所寫的愛情詩，呢呢喃喃的絮語，細細訴說著愛情所帶來的苦惱與歡愉。我戀愛，故我寫詩。在人生最純真的時刻，為最純真的感情，留下最純真的見證，這應該是一件最最美好的事吧！

參考書目

書名	作者	出版者	出版日期
泰戈爾詩集	泰戈爾著 糜文開 糜榴麗 裴普賢譯	三民書局	一九六三年四月初版 一九八九年十一月十五版
修辭學	黃慶萱	三民書局	一九七五年一月初版 一九九四年十月增訂七版
小詩三百首（一）	羅青	爾雅出版社有限公司	一九七九年五月初版 一九九〇年八月九印
小詩三百首（二）	羅青	爾雅出版社有限公司	一九七九年五月初版 一九八四年十月七版

中國新詩賞析	林明德 李豐楙 呂正惠 何寄澎 劉龍勳	長安出版社	一九八一年四月初版
新詩賞析	楊昌年	文史哲出版社	一九八二年九月初版
文學概論新編（增訂本）	張孝評	西北大學出版社	一九八七年五月初版 一九九七年八月三刷
小詩選讀	張默	爾雅出版社	一九八七年五月初版 一九九四年九月四印
文藝心理學概論	金開誠	人民文學出版社	一九八七年九月初版
文學心理學	錢谷融 魯樞元	新學識文教出版中心	一九九〇年九月台初版
時代之風——當代文學入門	鄭明娳 林燿德	幼獅文化事業公司	一九九一年七月初版
詩歌分類學	古遠清	復文圖書出版社	一九九一年九月初版

參考書目

新詩鑑賞辭典		上海辭書出版社	一九九一年十一月初版 一九九九年一月九刷
一首詩的誕生	白靈	九歌出版社	一九九一年十二月初版 一九九三年一〇月初版 四印
不盡長江滾滾來——中國新詩選注	陳義芝	幼獅文化事業有限公司	一九九三年六月初版 一九九九年三月二版
新詩三百首（上、下）	張默 蕭蕭主編	九歌出版社有限公司	一九九五年九月初版 一九九六年五月二版
詩的技巧	謝文利 曹長青	洪葉文化事業有限公司	一九九六年七月初版
兒童文學	林文寶 徐守濤 陳正治 蔡尚志	五南圖書出版有限公司	一九九六年九月初版 二〇〇一年七月初版八 刷
新詩五〇問	向明	爾雅出版社有限公司	一九九七年二月初版

可愛小詩選	向明 白靈主編	爾雅出版社有限公司	一九九七年二月初版 一九九八年一一月三印
詩歌修辭學	古遠清 孫光萱	五南圖書出版有限公司	一九九七年六月初版
新詩二十家	白靈	九歌出版社有限公司	一九九八年三月初版
文章章法論	仇小屏	萬卷樓圖書有限公司	一九九八年一一月初版
中學生現代詩手冊	蕭蕭	翰林出版事業股份有限公司	一九九九年九月初版 二〇〇〇年九月修訂二
中國新詩藝品鑑	周金聲主編	湖北教育出版社	一九九九年十月初版
篇章結構類型論	仇小屏	萬卷樓圖書有限公司	二〇〇〇年二月初版
世界情詩名作一〇〇首	陳黎 張芬齡譯著	九歌出版社	二〇〇〇年八月初版
章法學新裁	陳滿銘	萬卷樓圖書有限公司	二〇〇一年一月初版
網路新詩紀——詩路二〇〇〇年詩選	須文蔚 代橘主編	未來書城股份有限公司	二〇〇一年十二月初版 一刷
下在我眼眸裡的雪——新詩教學	仇小屏	萬卷樓圖書有限公司	二〇〇二年一月初版

參考書目

書名	作者	出版者	出版日期
深入課文的一把鑰匙——章法教學	仇小屏	萬卷樓圖書有限公司	二〇〇二年一月初版
台灣文學	林文寶、林素玟、林淑貞、周慶華、張堂錡、陳信元	萬卷樓圖書有限公司	二〇〇一年八月初版
現代文學鑑賞與教學	陳惠齡	萬卷樓圖書有限公司	二〇〇一年九月初版
放歌星輝下——中學生新詩閱讀指引	仇小屏	三民書局股份有限公司	二〇〇二年五月初版

國家圖書館出版品預行編目資料

詩從何處來：新詩習作教學指引／仇小屏著.
-- 初版. -- 臺北市：萬卷樓, 民 91
面；　　公分.
參考書目：面
ISBN 957 - 739 - 408 - 6 (平裝)
1. 中國詩 - 寫作法
821.1　　　　91015977

詩從何處來

—新詩習作教學指引

著　　者：仇小屏
發 行 人：許素真
出 版 者：萬卷樓圖書股份有限公司
臺北市羅斯福路二段 41 號 6 樓之 3
電話(02)23216565 · 23952992
傳真(02)23944113
劃撥帳號 15624015
出版登記證：新聞局局版臺業字第 5655 號
網　　址：http://www.wanjuan.com.tw
E－mail：wanjuan@tpts5.seed.net.tw
承印廠商：晟齊實業有限公司
定　　價：280 元
出版日期：2002 年 9 月初版
2005 年 12 月初版二刷

ISBN 957 - 739 - 408 - 6